私の人生

商社に入ったらこんなことまで出来た

深須簾水
RENSUI MISU

幻冬舎 MC

私の人生

―商社に入ったらこんなことまで出来た―

目次

まえがき

90歳を迎えたので、自分の歩んできた道を書き残そうと思い始めた自叙伝（Ａ４で約１００ページ）の原稿を友人の中里さんに送りました。するとこれは面白いから眠らせておかないで、出版したら良いでしょうと勧めて下さったので、この様に出版する運びとなりました。

中里昌平さんは私の３歳下ですが、私は80歳でやめたゴルフを、お元気で70歳から始められて熱中されておられ、時々コンペで優勝されています。

この文書の内容は、義息が私に〝お義父さんは、大学は行ってないのに丸紅の部長にまでなったのは不思議〟と言われ、実際にそこまでなるには並大抵の事ではありませんでしたので、少し振り返ってみたいと思い執筆しました。

実際に特待生で大学に行く事は何ら問題はなかったのですが、父親が病み上がりで未だ十分に活動が出来ず、校長先生に相談すると、それなら一年待った方が良いと思う、君ならいつでも行けるからと言われて延期しましたが、仕事に没頭して結局実行出来なかったのです。本文で説明します。

主な内容は１～４となっています。

1．誕生から学生時代
2．丸紅時代（前編と深須神話）
3．ミスファブリック時代（後編）
4．その他の貴重な体験と重要な治療問題

私が現在どのような事に興味を持って日々を過ごしているかを、先ずは綴らせて頂きます。少しでも興味を持って頂き、本書を読んで頂けると幸いです。

●毎日のスタート（予定）

夏時間は5時30分起床、冬時間は6時起床、まず全身冷水摩擦を古いタオルを使用して行います。手足の先から心臓に向かって擦り上げます（新しくて柔らかいタオルでは摩擦がなくて効果が減少するので避けます）。

これは13歳のとき、中学1年生から約80年間継続しております。皆から顔の艶が良いと言われますが、このせいだと思います。

全身がぽかぽかとなり、冬でも5分くらいは裸で朝の準備や支度をします。人がいるときは、バスルームを使用します。5時25分からのテレビのラジオ体操をします。

英語を習い始めた頃、最初に　My father leads a regular life every day.　という文章を見てこれは良い習慣だなと思い、自分もやろうと考えたのが全ての始まりです。

●「裸眼」で太陽を見る

体が温まった頃を見計らって太陽を見ます。紫外線が目に良いのです。医者に話した事は、10年前に横浜のクリニックが初めてですが、先生はそれは大変だ、眼底がイカれているから直ぐに眼底写真を撮りますと言って看護師に撮らせました。その結果、写真を見て先生が、おかしいな眼底は綺麗だ、焦点をずらしているのかなと言われたので、そんな事はありませんよ。黒点もコロナも綺麗に見えますからと言いました。その後も看護師さんに言って色々な検査をしましたが、分かりません。帰るときに面白い目をしていますねと言われて仕舞いました。

私の考えは、ニュートリノに質量がある事を実証してノーベル賞を取られた先生が居られます。あれは1000メートルの山の下から更に1000メートル下に純水で拵えたプールにニュートリノが達した事で証明されたのです。そんな強い光線の様なものを人間は一年中体に浴びています。従って紫外線など目に悪い訳がありません。

子供の時から見ているので、10年くらい前に皆既日食がありましたね。丁度、私が朝の散歩で7時頃信濃町中央公園を歩いているときに日食が始まりましたので、裸眼で素晴らしい天体ショーを最後まで楽しみました。

私は8年くらい前に2~3か月太陽を見ない事がありました。そして眼科に行き、先生に白内障がありますか?と聞くと首を傾げて、やや始まっているかなと言ったので、これは不味いと思って再び太陽を見て6か月後に眼科に行って同じ質問をすると、ないと言われました。毎日曇りの日以外は行います。

●世の中にはもっと不思議な事が

テレビでも見ましたが、浜松の天ぷら屋さんで、私の目の前で油に手を入れて温度を計っています。何度ですかと聞くと171度と言ったので温度計を見るとその通りでした。海老にうどん粉を付けて鍋に入れてぐるっとかきまわしていました。

一番驚いたのはテレビで真っ赤になった鉄の棒を口に入れたかと思うと奥歯で噛み切り、鉄のお皿にポトンと落しました。周りの人達に触らないで下さい、火傷をしますよと言いました。韓国人でした。

頭脳の方でも居ます。黒板の前で低学年の小学生に不定積分の問題を出したら、その子は黒板に計算式を書きながら答えを書きました。教授が正解ですと言いました。

●現在、家内が施設に入っているので一人暮らしです

それから朝食の準備と掃除（これはロボット掃除機にやらせる）。前日洗濯したものを干します。テレビを見ながら食事。その後は洗ってから、新聞を眺める。10時半頃から、目の前にある温泉付きのスポーツジムへ行って体操と筋トレ後に温泉に入って12時帰宅、昼食の準備と食事です。月曜日は休館です。

77歳のときに会社を閉じて（破産は未だしません）、毎日が日曜日となって、趣味を次から次と行っていたら1週間が全部埋まって仕舞い、粗大ごみにはなりませんが、これでは仕事より大変だと思い、時間の掛かるモノからやめる事にしました。

まずゴルフ（ＨＣがＪＧＡ12の時）を80歳でやめました。娘と回っていて、私が２２５ydのボールに近づくと、こっちがパパだよと言われ、娘に５ydオーバードライブされていました。飛ばなくなったなあと言うと、良いじゃないの80歳近くになってそれだけ飛べばと言われたのは、やめた原因の一つです。

次に囲碁。日本囲碁連盟の五段の先生に師事していて、４目まで行きましたが、先生にやめたいと言うと良いでしょう、あそこまで行けばと言われました。高年齢になってから始めたので、直ぐに忘れて仕舞いました。

●現在継続しているのは次の通りです

１．書道は毎月半紙に文字の楷書、行書、草書と半切（135×35cm）１枚を出して、その他年に一度上野の東京都美術館に出すのと、昇段試験が半切に楷書、行書、草書とあと一つ昔の書を出すのがかなり大変です。

２．ボイストレーニングはドラゴーネさんの薫陶を受けた本格的なアルゼンチンタンゴの名手、小原先生の歌サロンで月に２回受けています。先生は南米に行くと大統領から招待を受けた事があって、大変な人気者です。年に数回コンサートを開催しています。タンゴは殆ど歌わず大人の童謡が多くなっています。

３．ヤマハの音楽教室では月に３回のボイストレーニングのレッスンを受けています。ひとみ先生は大変美人で褒める事はあっても貶す事は絶対にない、教え方の上手な先生です。その為にピアノ教室では、生徒が全国大会に何度も出場しています。毎月３回受けています。

4．84歳から始めたヴァイオリンは楽器を持たされて直ぐに音階が出たので、K先生が最初から曲をやりましょうと言われ、難しい曲は別として楽譜があれば一通り弾ける様になりましたが、一昨年眩暈で転んで鎖骨を骨折した為に弓が横滑りして仕舞い、先生が鎖骨の金属を外したらまたやりましょうとなって仕舞いました。外すのには全身麻酔をまたせねばならず考え中です。

5．太極拳（月4回、毎週火曜日）は24式、32式、現在は48式をやっていますが、体だけでなく、頭も使うので良い運動ですが、年齢で動作が体にきつくなってきたので、先生と相談しながら、少し休みながら行っています。

6．毎週日曜日のピラティスはW先生で、30年くらい続いていますが、90歳になってからは、年と共に動きが出来ないフォームが出てきました。仕方がない事ですが、休むと体が余計に動かなくなるので、頑張っています。ジムでは筋肉トレーニングも適当に行いますが、ない日はプールでは泳がずに専用プールで歩いています。

空いている日は病院とマッサージと鍼治療他で埋まり、土曜日は空けてありますが、音楽会（クラシック）のチケットを購入しています。

また次のような思い出になる事をさせて頂いております。

●渋谷のオーチャードホールで指揮

数年前にクリスマスの演奏会に家内と行ったときに、第2部の始まる前に、指揮者さんが、ここへ来て指揮棒を振りたい人はいませんか？と言ったら、数人が手を挙げましたが、一度やってみたかったので、私も手を挙げました。すると髪の毛が白くて黒い服を着ている貴方と言われたので、周りを見ると自分だと分かり出て行きました。

舞台の上で好きなヴァイオリニストである世界的なSさんが話しかけてくれました。何歳ですかと聞かれたので86歳と言うと吃驚されましたが、と同時に3000人の聴衆から拍手をして頂きました。

曲はブラームスのハンガリー舞曲で適当に振れば良いと思い、指揮棒を構えると全員がサッと楽器を構えるのが大変に気持ち良く感じました。

帰りに指揮者が、こんな事は一生にめったにない事ですから、帰ったら自慢して下さいと言われて、記念に指揮棒にお二人のサインをして頂きました。

●横浜のかなっくホールで演奏会に出演

同僚のTさんと二人で、小原先生の演奏会に出演させていただきました。聴衆は400人でしたが、舞台で歌うのは初めてなので、練習をしました。

二人では「小さい秋みつけた」を歌い、ソロはTさんが、「奥様お手をどうぞ」を歌って、私が「この道」と「カミニート（道の意味）」だけはスペイン語で歌うので歌詞を覚えるのに苦労しました。

1. 誕生から学生時代

●父、母、我が家の事

先ずは私の父、母、我が家の事について触れていきますが、その前に家系について書きます。

深須家（御簾家）は代官で、初代は秀吉が朝鮮出兵を行った１５９２年（文禄元年）に、亡くなっています。他人の土地を踏まずに今の隣の県まで行けたそうです。

問題は曽祖父です。若い時から老けて見えて16歳で結婚して、私が6歳の時まで長生きでしたが、彼は博打が好きでしかも常に負けていたらしく、友達が金に困ると深須の爺さんを誘って、賭博をやればなんとかなると言って、博打で損をし続け、その決済に次から次へと土地を売却していた事を父と叔父から聞きました。

昔は今と違って土地も安かったので、積み重なっていた売約証書が60㎝の高さになっていました。父が小さい時は丸の内でも、タヌキが居たそうでした。

高尾山の近くの館町に約４００坪の南斜面の山があって、先祖代々のお墓があるので、そこだけが残っていました。毎年一度お盆のときに墓参りと遊びに行きましたが、館町の全景が見下ろせる良い所で、その中腹のかなり広く取られた場所に先祖代々のお墓がありました。南斜面の良い所でした。

その400坪の山の下の方は道路の方まで傾斜になっていたので、住宅を建てれば日当たりの良い家がかなりの数出来るから、建築をしたいと思っていたがそれも父が売却して酒に変わって仕舞ったので、私が計画を話したが後の祭りでした。

私が22代目になりますが、巻末に父の分家に当たる叔父さんが書き写した深須家の系図のコピーを載せておきます。

父は13歳のときに両親を失い、7人兄弟で困って仕舞い、生まれたばかりの赤子の武夫を所沢の知人に渡して、自分は東京に叔父を訪ねて働きに行きました。郵便局に勤めたが、体が小さくて力がない為、集荷で大きなカバンが持てず帰ってきました。工業高校の先生に相談して機屋を始めました。

母は石川村の出身で、細身の菜食主義者に近い人でしたが、子供の頃は足が速く常に上級生と一緒に競争をさせられたが、いつも勝っていたそうでした。あまり速いので、運動会でカーブの所で足を掛けられて、大怪我をした事があったと言っていました。

父が小さな織物工場をやっていたので、炊事は5～6人いた女工さんの賄いから、家族全員の洗濯は全部手洗いで大変でした。着物の洗濯は、ほどいて洗い張りと言って、洗ったものを腑糊付けして板に張り付けて乾かし、再度手で縫製をしていました。子供3人の男兄弟の布団は、残糸で織ったシルクなので直ぐに破れて仕舞い、綿の生地が欲しいといつも言っていました。兎に角働き者で、ゆっくりと休んでいるところを見た事がありませんでした。その上、意地の悪かった叔父（次弟）が乱暴でお腹を蹴られて流産した事があったと、母から聞きました。本来なら父が弟を叱るのが本筋ですが、父は何も言わなかったそうです。

歯が悪いと言って通った馬鹿な医者が一度に4本の抜歯を行って出血が止まらなくなって、そのまま人事不省になり亡くなって仕舞いました。長男の私に会いたいと言っていたそうですが、東京から急遽戻ったときは残念ながら間に合いませんでした。早く手を打てば助かっていたと思いました。

●誕生から小学校に入るまで

私は体重一貫目（3・75kg）で生まれ、当時としては日本人では大きい方でした。満1歳の写真が1枚だけ戦災にあわずに残っていて、丸々と太っていて健康優良児でした。母乳の出が悪くて、牛乳で育てられたと聞いています。今でも毎日飲んでいます。

母は肉類や魚類はごく一部を除いて殆どが嫌いで、カルシウムが不足していた為だと思いますが、2歳のときにお勝手で消し壺の蓋を開けて、消し炭を口を真っ黒にして一生懸命に食べていたようでした。これが美味しいが、これはまずいと言って分けていたそうでした。

4～5歳からは、魚の骨を兄弟が争って食べたので骨は丈夫になりました。つい先日、骨密度の検査をしたら、同年齢と比較すると、168％で若い人と比較しても、123％あったので、先生も驚いていました。

食卓には毎回納豆が出ていて皆が箸で少しずつ辛子を取っていましたが、その黄色い色が綺麗に見えていて、私が毎日の様に欲しがるので、OKを出すと全部を取って口に入れて丸呑みしたそうで、吐き出さずに済んだので良かったと言われましたが、それ以後辛子は嫌いで、今でも殆ど口にしません。相当な強情っ張りだったようです。

行いは几帳面な方で、遊んだおもちゃはいつも綺麗に箱に仕舞っていましたが、弟が生まれると、めちゃくちゃになって仕舞ったと母が言っておりました。男3人兄弟で、障子で仕切っていた隣の部屋との境は、柵がなくなって開けなくてもこごんで通っていた記憶があります。

5歳のときに、1本のナイフを拾ってきて研いで工場の中に置いたら、伯父がそれを使って、これは良く切れるな、誰か研いだのか？と言ったので、僕が研いだよと言ったら上手だなと言われたので、それ以来刃物を研ぐのが好きになって、良く手も切って怪我をしましたので、大きな傷跡は今も残っています。今でも砥石は荒いものから細かいものまで6本持っています。

中庭に昭和の初めに200円で建てられた1DKの一軒家があり、両親とも工場で働いていたので、3歳の自分はその一軒家に放り込まれ、ゼンマイで動く手動の蓄音機を与えられていました。父が買い集めたレコードがかなりあって、その中の「美しき天然」が気に入ってそればかり掛けていました。

10分くらいするとゼンマイが解けて、ウーウーと止まって仕舞い、ワーッと泣き出すので、工場の中で誰か行ってハンドルを回してやれとなり、女工さんが来てくれました。5~6回くらいやると眠って仕舞ったようでした。その曲は三つ子の魂で今でも歌えます。

5歳くらいになると、ヴァイオリンの演奏したセレナーデが数曲あったので、それを良く聴いていました。ドリゴのセレナーデや、シューベルトのセレナーデを何回も聴いたので、今でも時々口ずさんでいます。

●小学校時代

戦争前の小学校の授業料は一定に決まってなく、いつも袋にお札が厚く入っていました。然し、父は子供には本を全く買ってくれませんでした。見栄っ張りだが子供の教育には全く関心がなかったようです。自分が好きなので、正夫にはヴァイオリンを習わせたいと母に言っていたそうですが、何もしてはくれませんでした。

初めて貰った通信簿は、甲が多くて、乙が少しあり、父親や叔父がこれなら良いと言った思い出があります。

引っ込み思案で活動的ではなく、初めての遠足が京王線の八王子から2番目の北野駅にある北野天満社で、気分が悪くやっとの思いで帰ってきました。すると麻疹に罹っていた事が分かりました。

小学校1年生の正月2日に初めて筆を持たされて、書き初めで「上下一心」と書いたら、父や叔父が、「上手い、特にこの心の字が素晴しい」と褒めてくれたので嬉しかったです。それで書道が好きになり、学校ではいつも張り出されていました。先生はAさんで、私の名前「深須」を初めて見た人で、ミスと呼んでくれた人は、小学校以来この方（書道の先生）一人でした。初代から8代目までの苗字は、御簾と書いていました。8代目が改名したが、今考えると変えない方が良かったと思っています。

父親に勉強しろと言われた事は一度もなく、或るとき、割り算が分からず困っていると父が傍に来て算盤で答えを出してくれたのは良いのですが、どうしてそうなるのかは教えてくれません。更に聞くとそれを考えるのが勉強だと言って隣にあった工場に消えて仕舞いました。教えてくれたのはこの一回だけでした。

困りましたが、父がはじき出した答に端数がないので、この問題は全部掛け算で拵えたモノだと思い、掛け算の逆をやれば良いと思い色々と考えた末になんとか分かってきました。

祖父が書家だったそうで、日清戦争の戦地から送ってきた巻紙の手紙が戦後に1通だけ残っていたのを見た事がありましたが、綺麗な書になっていました。父も叔父もこの父の字は未だに書けないと言っていたのを覚えています。内容は確か百両（今の金額では100~200万円くらい）を送れと書いてありましたが、当時は未だかなり裕福だったので多分戦友達からタカラレタのかもしれないと言っていました。

●戦争の思い出

小学校四年生のとき、12月8日に始まった「大東亜戦争」は初めは調子が良くて国民は皆喜びました。然し、ミッドウエーの戦いで、日本の指揮はカンで、コンピュータを使ったアメリカ軍に大敗したにもかかわらず、大本営は嘘ばかりついて国民を騙していました。警戒警報と空襲警報が出てその都度防空壕に避難していました。B29爆撃機で最初は東京が焼かれ、東の空が真っ赤でした。3番目の防空壕を工場の中に掘りました。

●学校の授業は今なら暴力教室

戦時中という事で全てが軍国主義に固まっていて教師も白組の私達は海軍から戻ったO先生で、海軍の精神棒という樫の丸棒を真似た木刀で生徒の尻をかなりの力で良く叩いていました。

成績が悪くても叩いていましたが、いたずらの生徒はしょっちゅう叩かれました。一人が問題を起こして黙っていると全員の責任だと言って全員を叩いたので、私も一度だけ叩かれました。全て滅茶苦茶でした。
掃除は海軍式で、我々白組の廊下だけピカピカに輝いていました。

●天皇陛下の神格化

現御神（あきつみかみ）と称して神様扱いに仕立て上げて、「日本は神の国で御威通の光」と言われていました。

歴史の時間で先生が元寇の乱で日本が勝利した理由は何かという質問をしたときに、皆が考えており誰も答えません。暫くして要領の良い利口な生徒が「御稜威（みいつ）のしからしむところでございます」と答えると、先生は途端に姿勢を正し直立不動の姿勢になり、その通りだと言われました。

「みいつのしからしむところ」は、困ったときに使える万病の薬のような言葉だと思いました。誰も文句は言えなかったのです。

全部の学校の校庭には天皇陛下の写真を祭った鉄筋コンクリート造りの社を造成して、毎朝それに向かって帽子を取って最敬礼をしてから教室に入りました。軍事訓練の教官は陸軍中尉なので敬礼でした。

戦争で死ぬときは、天皇陛下万歳と言って死ぬのだと言われましたが、実際にその様に言った人は極めてまれで、若い兵隊さんは「お母さん」と言って亡くなられたという話を当時軍隊帰りの人から聞きました。

●ハイパーインフレ

父は、第一次大戦でドイツが味わった話で、リヤカーに札束を積んで行ったがジャガイモが数個しか買えなかった事を考えて、３番目の防空壕に絹糸をトラック満載にして、その防空壕に入れました。

蓋をして上に土を被せるのを翌日にしたので、その晩の焼夷弾攻撃で全部燃えて仕舞い全財産を失いました。

●大空襲

毎日の様にＢ29が飛来して何処かで攻撃を受ける様になって、八王子もそのうちやられると思っていましたが、ついに焼夷弾攻撃を受けました。上空でゴオーッと物凄い音がすると間もなくバタバタという音と共に焼夷弾（六角形で長さが30㎝）が、身の周りに大量に落ちましたが、父がバケツの水で消すのを見て、自分も一生懸命に消していました。

然し、水道はなく手押しポンプで水を汲みながらで大変でした。それでも怖い物知らずで、落ちた直後に水の入ったバケツを被せると消える事が分かりました。後から後から攻撃されるので消しきれず、正夫逃げろと言われて、使っていたバケツ一つを持っただけで、南の山に逃げました。

あれだけ沢山落ちてきたのに、良く当たらなかったと思いました。一番近くに落ちたのは、父が井戸で水を汲んでいるときに30㎝後ろに落ちてかなり厚い敷石がひっくり返った一撃でした。

街はゴーストタウンで、今までやった消防訓練は何だったのかと考えましたが、女性と子供ばかりなので、仕方がないと思いました（私も13歳の子供）。逃げた山には大勢の人が居ましたが、八王子盆地が巨大な火の窯になっていました。夢ではないかと何度も膝をつねってみたが本当でした。

首のない赤ちゃんをおんぶしたお母さんを見たと言う人が居ました。赤ちゃんだけが直撃を受けたらしかったです。ガスタンクが燃えると物凄い火が高く燃え上がりました。コンクリート造りの建物は殆どなかったので、町全体が完全に燃えて仕舞いました。

夜が明けて街に帰ると物凄く熱く、60度くらいあった気がしました。完全に全部焼けて仕舞いました。水を飲もうと井戸を動かすと駄目なので、バケツに針金を付けて、夏は冷蔵庫代わりにしている掘井戸に垂らして水を汲み、呼び水にしてポンプを動かすと、綺麗な水が出てホッとしました。

夏なので、夜はトタンを敷いてその上で仰向けになって星を見ながら寝ました。

●機銃掃射を受ける

焼け跡で鉄の織機の整理をしていると、グラマン戦闘機が来て機銃掃射を受けましたが、幸いに当たりませんでした。頭上で爆弾を落としたのが見えました。避難した山を見に行くと、柔らかい畑に爆発せずに潜り込んでいました。信じられないと思いますが、当時は戦争で死ぬ事は名誉であり、捕虜は恥という教育を受けていた時代だったので出来たのだと思いますが、今考えると馬鹿げています。

●終戦の玉音放送

ラジオが焼けた近くの市役所に1台あるので、皆が頑張れと言う放送だと思って、揃って聞きに出かけたものの、父は多分敗戦の放送だから、お前は行かなくて良いと言ったので、やめて焼け跡のかたづけをしていたら、やがて皆ががっくりして帰ってきました。

その後、進駐軍が来るので皆逃げろと、噂が広がりましたが、父はアメリカ人も人間だから心配はするなと言いました。それで子供達は、皆兵隊さんにチョコレートを貰いに行きましたが、お前は武士の子だからと言われて行きませんでした。

●台風の大雨と間借り生活

10日間くらい2番目の防空壕に入って父と数日寝ていましたが、台風が来て、入り口の造りが悪かった為に凄い勢いで多量の水が流れ込んできました。父が先に気がついて、正夫起きろと言ったので飛び出したが、びっしょりになりました。その晩は叔父の防空壕に入れて貰いましたが、悲しくて涙を流したら叔父に泣くなと叱られました。

次の日から浅川の北側の戦災を免れた地域に、父の妹が嫁いだ叔父さんが居るので、そこに間借りしてお世話になりました。一つ下の従弟は親切でしたが、上の二人の姉達は非常に意地が悪くて、酷い目にあいました。

学校から帰ると、空腹で辛いのに、臼に米がありそれを杵で搗かされました。然し、おやつに出されたのは、見事に揃えたサツマイモのしっぽだけでした。それでも空腹の為口の中で繊維がこなごなになるまで噛み砕いて食べました。

家の裏に幅が10ｍくらいの綺麗な小川が流れていて、染工場がそこで染めた糸を洗っていました。従弟とカルキを缶に入れて川の少し上流に流すと、前日の雨で少し増量はしていたものの、魚が沢山浮き上がってきました。ナマズのフライが大変に美味かったのを覚えています。

弟二人と妹は母の実家の石川村に預けられました。お爺さんは優しくて良い人でしたが、お婆さんが酷い人で散々な目にあったそうでした。

お婆さんは、お乳の形が良いと言われ松平家の乳母として入ったので、言葉使いは丁寧で、私の母の次の妹が話してくれましたが、娘達に対して〝恐れ入ります〟はないだろうと言っていました。

母は7人兄弟の次女で、長女は中国の閣僚の一人と結婚して、部屋が41もある生活をしていたので、長男の家には、孫文の書いた大きな書が飾ってありました。然し、文化大革命で失脚させられて、2部屋だけ有料で貸し付けられた生活になって仕舞ったそうでした。

祖母は101歳まで長生きしました。目が良いので前日まで針仕事をしていました。亡くなる前日の朝に草履を干していたので長男の嫁が、お婆さん今日はお出かけですかと聞くと、ちょっとそこまでと言ったので元気だと思っていました。夕飯をいつもより沢山食べて今日は美味しかったと言って、疲れたからお先にと休まれたそうでした。

翌朝起きてこないので呼びに行くと、枕元に草履が揃えてあって、冷たくなっていたそうです。皆がこういう死に方が良いねと言っていました。

●貨幣価値と国鉄＝ＪＲの運賃

小学校に入る前は一銭銅貨を貰って、駄菓子屋で飴玉やせんべいを買って食べていました。或るとき、五厘銅貨を一度貰ったら、曽祖父の時代は五厘銅貨が毎日のお小遣いだったと言われました。という事は、過去70～80年で貨幣価値は二分の一しか変わっていなかった事になります。ところが、戦争でその後の変化は想像を絶するものがありました。

八王子の木造の中学校は消失したので、浅川（今の高尾）の中学校の一部を借りて授業が始まったのですが、そこまでの運賃が、終戦直後は20銭だったのが翌年は20円と１００倍になったのでした。戦争に負けるとこうなるのかと、インフレの凄さがわかりました。

●全ての道具は自給自足

焼け跡から使っていた全ての道具が見つかったので、木炭を焚いて竹と木材でフイゴを作り、鑿と鉋と鋸の焼入れをして再生出来ました。木材は銀杏の木を樵さんに大きな丸い鋸で大きく切って頂いたものを近くの木工所で小さく裁断して貰いました。全ての道具の柄を拵えました。鉋の台はかなり難しかったですが、工作が大好きだったので、結構正確に出来ました。

銀杏の木は粘りがあって大変に便利でした。下駄も良く作りました。何にでも使えました。大きな縁台は皆が便利で評判が良かったです。

鋸の目立ても上手く出来ました。先ず焼き入れをしてから小さな鑢で目立てをしました。その鋸を使って弟と唯一つ残っていた前述の４００坪の山に行き、かなり太い木を切って、借りたリヤカーを自転車に繋いでそれに一杯積んで持ち帰りました。

往路は全部上り坂でしたが、復路は下り坂なので助かりました。とはいえ、今考えると13歳の自分と11歳の次男とで良く出来たと思います。６回行きましたが、それでしばらくは燃料が出来ました。

●火事場の馬鹿力

普段は重くて持てませんでしたが、庭へ持ち出したシンガーの足踏みミシンが丸焼けで、使用不能かと思いましたが、父が何処かで修理してきたら問題なく働いてくれました。足袋も良く拵えました。学生服は古いものを分解して型紙を作り、工場で織ってくれた生地を黒く染めてノリで固めて作りました。丸紅の入社試験に着て行きましたが、誰にも気づかれませんでした。

●中学・高校時代と長期休学

親友の山田君とは中学から一緒になりました。彼の家は八王子の東北で浅川の近くに位置していて、運良く戦災を免れていました。父君が鉄工所を経営しておられて「山田式撚糸機」を作製していました。

クラシック音楽が好きで、ベートーベンの交響曲６番（田園）を度々聞きましたが、オペラ椿姫（藤原義江と砂原美智子）が全曲入ったＳＰレコード（30枚以上あったと思います）を持ってきたのを毎日聞いていたら殆ど覚えて仕舞い、これでオペラが好きになりました。

父が寝たきりで看病していたので、高校2年生の夏、実力のあった教頭先生の家に母と行き、学校を定時制にと言うと、それは駄目だ、君は3学期を全部休みなさい。但し期末試験だけは受けに来る様にと言われました。私のかけ離れた成績は全教師に知れ渡っていて、生徒にも知られていました。

これに関連して、従兄弟が同じ学校に入学したら、「君の兄貴はなあ」と全教師に言われて閉口しましたが、その都度あれは従兄弟ですと返事をしたそうです。ところが、3男の弟が、やはり同じ事を全部の教師に言われて、参ったよと、こぼしていたので、名前を早く覚えられて良かったじゃないかと言っておきました。

●休学中は全ての勉強が自作自習

国語の「読書百遍、意自ずから通ず」は本当でした。参考書はなく数学の三角関数を教わる前で仕方なく図面を引いて、サイン、コサイン、タンジェントを理解しました。理科の落下加速度の数字は、庭に大きな銀杏の20ｍの木が、まっすぐに立っていたので竹で弓を作り、ストップウォッチを借りてきて、実験して大体合っている事を確かめました。

●休校中のバレーボールの練習

庭に南瓜や果物やへちま用の棚を作り、ついでに頭上に2ｍ60㎝の綱を張ってそこに頭が届くまでジャンプをして足を鍛え、ボールには綱を付けて左手でトスを上げ、落ちるのを右手で思いきり割れる程叩いて手を鍛えました。

当時の自分の１８０㎝は高い方で、電車でも映画館でも、一番後ろから全員の頭の上を超えて前の方が良く見えました。前衛で、タッチ攻撃（今はホールディングで反則）していたO君は１８６㎝、私が中衛左のスパイク攻撃でボールが特に速く強く、対外試合では一人で21点中15点取った事がありました。

●教育程度

マッカーサーの指導で、日本の教育程度は高すぎるという事で、かなり引き下げられました。中学1年で連立方程式を、２年で二次関数を習いましたが、それを高校になってから同じ事を再び教えられたのは、明らかに教育レベルの低下を示しています。

高校の経済の講義で、アダム・スミスの『国富論』を原語で勉強させられました。大阪商大卒の娘婿に聞くと、原語ではやらなかったそうです。我々商業高校の方が進んでいたと思いました。

高校3年になり、父も未だ寝たきりですが、多少元気を取り戻したので、学校に行く様になりました。然し、皆に臭い臭いと言われました。今は使用禁止のフォルマリンを大量に使用していたので、体中に匂いが付いて仕舞ったからでした。一時は薬品で自分の手が真っ黒になりました。

授業は殆ど、ノートは表題だけ書いて、あとは真っ白で何も書きませんでした。当時は聞いた事は殆ど記憶していて、期末の試験勉強はせずそれで良かったのですが、年を取ってから今になってメモを取るのが下手で失敗したと思っています。

●それとなく助けられる

皮肉ばかり言うので皆が皮肉先生とあだ名をつけた国語のH先生は、国文法の試験で皆の答案用紙を見て回り、最後に私の答案用紙をじっくり見ました。そして、黒板に向かって歩き出しながら、〝今日は１００点満点は居ないな！〟と言ったので、私はハッとなって、迷ったところと思い返し、そこを直ぐに直して１００点が取れました。

●英語のI先生からの暗示

府立第二商業が戦時中は、商業は不要という事で、多摩工業学校に変わっていましたが、工業系が好きなのと近くで良いので入学しました。朝鮮で大学の学長を経験された年配のIさんという英語の教師には格別に良くして頂きました。先生と二人になったときに、私に対して素晴らしい事を言われました。「深須よ、今は大事ではないかもしれないが、将来絶対に大事になる事がある。それは数学です、この爺が言う事を良く覚えておきなさい」と言われました。かなり先を見通しておられました。これは「暗示第1」です。

●体操の試験については神様のお助け

体操の試験は、教師がバレーボール好きでそれを問題にしたので、選手の私には良かったです。倒立が試験に出ましたが、今まで一度も出来なかったのに、偶然にもその時初めて出来ました。その後何度やっても出来ないので、神様が助けてくれたと思いました。

●英文タイプライターとブラインドタッチ

K校長先生は、大変な人格者で人気がありました。或る日、深須は英文タイプを習う気があるかと言われたので、ありますと返事をすると一生懸命に教えて下さいました。戦前は、輸入品で大切な機械なので戦争で疎開されていました。昔のタイプライターは強くパチンと打たないと字が出ないので、小指と薬指の強化が大変でしたが、お陰で現在もブラインドタッチでパソコンが打てて助かっています。

●学校の変遷について述べる（工業から再び商業へと）

前述した高校府立第二商業は、全生徒が礼儀正しく有名でした。小学生のときに見たのは、学生帽を被って遊んでいるときに、先輩が傍を通ると立ち上がって敬礼をしているところです。怠ると翌日が大変になって叱られると言っていました。最上級生の教室の前には怖くて行けなかったそうです。

それが戦争で、商業は不要という軍国主義の為に多摩工業学校に変わっており、工業系を志願していたので入学しましたが、終戦後に再び都立第二商業に戻って仕舞いました。立川の都立第二高校に指名されましたが、友人の山田君と相談して残る事にしたので結局、T定規を1年使ってその後は簿記に変わりました。工業系と商業系の両方を勉強した事は後に大変参考になりました。

試験の結果は全てが100点でした。それで優等賞を貰いました。

●私の視力、聴力

当時の私は視力が2・5以上あり、北斗七星の柄杓の中に4～5個の星が見えました。耳は5ｍくらい離れたひそひそ話が聞こえました。鼻もかなり利いていました。

●高校の教師が大学教授に

N先生は数学のI先生に口説かれましたが受け入れず、ニヒルな経済学の教師と結婚して、私達が卒業すると同時に名古屋大学に転勤して、二人とも教授になられました。

三高の寮歌で有名な第三高校が京都大学になった様に、新制大学が雨後の竹の子の様に出来ました。

●卒業式と就職難

3クラスあり、3人の優等生がいました。1組の人は私と同じく商社に、2組の人は日銀に、3組の私は丸紅へ就職が決まりました。就職難にもかかわらず、150名の全員が就職出来たので、他校からは羨ましがられました。

2. 丸紅時代（前編と深須神話）

●社会人スタート（丸紅に入社）

冒頭に書きましたが、特待生で大学に行けたにもかかわらず、父親が未だ寝たきりで、叶いませんでした。しかも腸チフスという当時は絶対に特殊病院に入れなければならない状況でした。軍医上がりの先生が今動かせば直ぐに死にます、従って私が責任を持ちますから、と言われて自宅で看病していました。玄関には「面会謝絶」と半紙に書いて張り出して下さいと言われ実行しました。

最悪の時は瞳孔と肛門が開きっぱなしになり、もう終わりかと思いましたが、夜母親が、父は布団の上に乗り出すので困ると先生に話をすると、それなら必ず助かりますから、諦めずに介抱して下さいと言われました。戦地で寝ている病人が、死ぬ人は布団に潜るが、助かる人は上に乗り出すと教えられました。

世間には絶対に漏れない状態で、病院には搬送されない様に処理をして頂きました。トイレは未だ汲み取り式で、全部自分で柄杓を使って汲み取り、庭に穴を掘って埋けていました。大きなバケツは相当な重量で、庭に運び大きな穴を掘って埋けていました。お陰で腕力と足腰が相当に鍛えられました。

或る日、食べ物が葛湯が少しだけの事があり、子供4人でそれを分けましたが、母は何も食べませんでした。その時自分が考えた事は、よーし！　俺は先ず社会に出て稼ごう、大学はいつでも行けるからと決心しました。

●3年間の闘病生活が終わり

父は、毎週工場で出来た反物を持って千葉方面に売り歩いて、帰りに米以外の食料をリュック一杯に詰めて配給の不足を補っていました。

父は何でも食べるので、穀物を盗み食いしたネズミも焼いて食べたそうです。そのくらいに冒険するので、千葉で不衛生な食物を食べたのが原因で病気になったようです（冒頭にある父の病気の原因）。

●丸紅の入社試験

K校長に相談して進学をやめて、親には内緒で丸紅の試験を受けたら、翌日の夜に内定の電報が配達されてきました。担当教師に本当は伊藤忠に行きたいと言うと、どちらも元は同じ会社なので、そこは我慢して他の生徒に譲りなさいと言われました。

入社試験は大学生と高校生が半分ずつで、試験問題は同じでした。英文和訳は毎日読んでいた英文日経から前年の朝鮮戦争の事で良かったのですが、英訳はことわざばかりで、出来ませんでした。1組の優等生のU君は私と同じく商社に、2組の優等生のY君は日本銀行に入り、3組の私は丸紅に入りました。

●丸紅東京支店のビルと支店長

堀留にあった東京支店は現在の馬喰町支店で、貿易中心の支店が丸の内の岸本ビルのワンフロアを借りて丸の内支店（現在の東京本社）と称していました。堀留のビルは戦争で焼けた後そのままで、大地震が来たら隣の繋がっているビルへ逃げなさいと言われていました。

東京支店長はM取締役で、背は小さいが品があり威厳の保たれた恰幅のある立派な人でした。然し、朝礼のときに皆の前で、〝私は小学校しか出ておりません〟と言われて2度吃驚しました。

明治時代に入社されて残っておられた唯一の人でした。その後も2回聞いたので、学歴が全てではないと宣言しているようでした。小僧時代は、綿糸を大八車に載せて良く運んでいた事も聞かされました。直ぐに55歳の定年で辞められました。一段落したら大学に戻ってやり直そうか考えましたが、仕事が猛烈に忙しくて帰りが毎晩遅く、疲れて仕舞って考える余裕がありませんでした。

●I課長代理からの初めての仕事

繊維をやめて他の部署に代わりたいと思いましたが、異動させて貰えませんでした。然し、販売課に回されていたら先輩が仕入れた商品を売り歩かなければならなかったので、上手い事に原料部隊の綿糸布課に配属された事は良かったです。

I課長代理が、深須君、千葉のOY物に16番手の単糸を200梱（8000ポンド）送っておいた、織賃は16円／mで16番手の太綾生地を頼んだから処理しておく様にと言われました。生地は見せてくれましたが、織り上がる数量も何も教えてくれませんでした。

質問しようと思いましたが、Iさんは軍隊で戦車隊の大尉さんで怖そうで、仕方なく数学は得意なので逆算をする為に、正確に1インチ間ルーペで糸本数を数えて長さを出し、36倍して1ヤード間の糸の長さを計算しました。然し、布の断面図を見ると経（たて）糸が蛇行しているので、正確に10センチ正方形にカットした布の糸をほぐした結果、経糸は11・5センチあり、同様に緯（よこ）糸は11・2センチありました。従って経糸は15％、緯糸は12％増量すれば良いと思いました。

経糸の1ヤードの総長と緯糸の36インチ幅織物に使用されている綿糸の総長が計算出来ました。後は逆算すれば、経糸の1ヤードの重量になり、緯糸の重量になります。織る事に依る糸を経、緯別々に測り縮率を計算して、糸量を算出してみました。やがて織り上がった織物を染工場に入れると、思った通りの数量でした（糸の太さによって変わるのですが、ここでは考えない事にしました）。現在のメートル法にするには、0・91437を掛ければ良いです。

綿糸は1ポンドの綿から840ヤード紡績したのを1番手と言います。840×40を40番手、従って番手が大きくなる程糸は細くなります。麻は綿糸と同じ方式ですが、基本になる長さが300ヤード、1ポンドの原料から300ヤード紡績したものが1番手。従って300×16が16番手となります。毛糸は1キログラムから1000メートル紡績したものを1番手と言い、1000×60が60番手となります。

逆にデニールは、1グラムの原料から9000メートル射出したものを1デニールと言い、50グラムから9000メートル射出したものを50デニールと言います。従ってデニールが大きくなる程糸が太くなるので、番手とは逆になります。換算するとポリエステルフィラメントの100デニールは、綿糸のほぼ53・14番手になります。

絹糸の場合は21中（なか）と良く言われますが、繭7個から製糸したものを約21デニールと言うので、21中は21デニール平均という事になります。中と言うのは、蚕にバラツキがある為です。

●I課長代理の土地感覚

彼は終戦後に麹町の一等地に、200坪の土地を買って2階建ての立派な家を建てました。背が小さく色は黒く、どう考えてもハンサムとは言えなかったが、奥さんは丸紅一の絶世の美女でした。皆がどうやって口説いたのだろうといつも噂をしていました。

奥さんに泊まって行きなさいと言われて、2階の大きな部屋に布団を敷いて頂き休みました。奥さんが、深須さん土地を買うなら、たとえ小さくても良いから都心にしなさいと言われましたが、既に土地の値段はかなり高騰していました。

Iさんは、土地に関しては格別な感覚を持っておられた人で、都心は西に延びるといつも言っておりました。「丸紅は淀橋浄水場の跡地を買っておけば、大きな財産になるのになあ」と言っておりましたが、そこが現在の新宿副都心です。

或る日Iさんが、麹町に1000坪の平地があり年寄りの保有地で、金額は1000万円で切り売りはしないという話を持ってきて、深須君皆で1000万円集めて買わないかと言われましたが、とても無理な話で実行は出来ませんでしたが、結局日本テレビが購入しました。

支店でスクーターを初めて買って通勤したのはIさんで、良く後ろに乗せられてTゴム工業まで行きましたが、冬は寒かったです。車も買ったのは1番がIさんで、2番が私の古い車でした。当時、自家用車を持っている人は他には誰も居ませんでした。

●代々木の独身寮と産婦人科の先生

入社後、八王子から中央線で通っていましたが遠いので、代々木（電車の駅は京王線の幡ヶ谷）に3階建ての暖房完備の独身寮が出来、そこに入居しました。当時は暖房設備など何処にもなかった為、新聞社が写真を撮りに来ました。

寮の賄い役はMさん夫婦で、息子さんが一人いました。皆優しい良い人達でした。ご夫婦が仲良くしていた産婦人科が近くにあって良く遊びに行きました。

父君が茨城新聞の社主だった産婦人科のGさんは、社長兼お医者さんでした。

車が好きで炬燵に入って良く話をしました。お産の器具の吸引具も見せてくれました。手を出せと言われて出すと、かなり強い吸引力でした。奥さんが看護師で、生まれたばかりの血だらけの赤ちゃんを抱いてきて、産湯を使った後に目にペニシリン軟膏を擦りつけました。昔は塩酸を極少量入れたそうです。

先生が避妊具の使い方なども教えて下さいました。

奥さんが家のメスは切れないのよと言ったので、砥石があれば研いで差し上げますと言ったら、メスと砥石を出してくれましたが、酷いメスでこれで手術をされるのですかと言ったら、そうなのよと言われたので吃驚しました。砥石も仕上げ用のものだけで、メスがかなり消耗していたので、研ぐのは大変でしたが、少しは良くなりました。

皆で炬燵に入っていたときに体格の良い奥さんが息子さんに対して、良いわよ小山の様でしょと言ったら、いや大山の様だよと言いました。いつも和気あいあいで皆で家庭的な話をしていました。

●初めて占い師に会った

同部屋のIさん（一橋大学出身）が或るとき、新宿に良い占い師が居て全て数字で表してくれる人で、良く当たるから行こうと言われました。手を出すと頭脳線に95点を付けたうえで、もし貴方が理数系の仕事をしていたら、ノーベル賞が取れますと言われました。

するとIさんは黙って機嫌が悪くなり直ぐに帰って仕舞い、暫くの間は口も利かなくなりました。後で聞くと、その占い師は80点以上をめったに付けないそうで、Iさんには85点を付けたようでした。「これが暗示第2」です。

●少ない給料で資金づくりを研究

入社したときの給料は1万円で、当時背広が2万円くらいでした。どうやって金を作ろうかと色々考えましたが、幸か不幸か酒は飲めないし、タバコは両親共に吸わなかったので、毎月5000円を貯めて、当時始まった投資信託を1万円続けて購入して、それがある程度貯まると売却して、株式に切り替えていきました。

日立製作所の株価が@49円までに下がった時代で、課の女性が、いくら貯めたいのと言ったので、1000万円と言ったらこの人馬鹿じゃないと思われました。以下に今までの入社以後の実績を記述します。

●24歳、原料部で大相場を張る

最大の出来事は24歳のときに訪れました。通常、「乙波」（オッパー）取引と言って、ブローカーを通しての一種の信用取引（相場取引）が盛んに行われていました。それは信用の出来る商社同士の取引で、各商社の責任ある担当部長や課長が行っていました。取引の途中は実需が伴っていない取引だが最終は、何処かが商品を引き取る事になる。それまでは売買が行われるので実際の商品の量よりも相当大きな数字が取引きされるわけで、実際にモノが動くのは、全取引の10％くらいであった事が、私が紐付けを任されていたので良く分かりました。全取引が売上に計上されるから架空の売上に近いのです。

決済も行うが大変な金額になるので、各商社の溶け合いをする事になる。本来溶け合いは2社で行うものですが、20数社が行っているので間接に溶け合うとその頭金を決めれば決済金額は少なくて済むのです。然し、溶け合いを決めるのには各社に電話で取引の内容、即ち数量と金額、何処から買いがいくらあり、何処へ売ってあるかを問い合わせなければなりません。その役目をいつの間にか私が行う事になって仕舞いました。しかも売買している会社は、東京はI商事他数社しかなく大阪が大半なので、電話代が掛かるから月末近くになると大阪に出張して行いました。

ところが、私の課のM課長に、大阪本社には寄らず、話が出来ているので、ブローカーのD社に行って、電話を借りて仕事をしなさいと言われました。数日後に本社に知れて、大阪に来て何故本社に来ないのかと叱られて仕舞いました。電話は件数が多いのでD社の女性達が助けてくれました。

●Y課長の大怪我

数年が経過しても相変わらずオッパー取引が行われており、Y課長もこれを継続しておりました。

或る日、課長が足を怪我して、1～2か月会社を休むと言ってきたので直ぐに病院へ行き、「オッパー」の事を相談すると、君に任せるよと言ったので、本当に良いのですかと聞き返すと、いいよと言われたから吃驚しました。随分と太っ腹な課長で、それまでに株式の罫線（今はチャートと言う）を私が作成していたのを課長は見ていたので、相場にはかなり興味があると思い、君に任せると言ったのだと思いました。

当時、40番単糸で出来たブロードポプリンが、綿織物の中心素材であった。その中で、浜松で生産したものに「遠州1号」という別格の名前を付けて取引が行われていました。主にプリント服地やYシャツ等、ありとあらゆる物に使われていました。1～3月、4～6月、7～9月、10月先に分かれて取引が行われ、どう考えても7～9月は不需要期になるのに、相場は上がり始めました。

織物の採算を計算すると織賃があり過ぎました。売買単位は、一杯が12000ヤードで3か月単位なので36000ヤードになる。課長から任せると言われたので、自分の思い通りに遠州1号の空（カラ）売りに入った。1ヤードが62・50銭から始めて25銭刻みで売り上がり、69・50銭になったときは浜松の1か月の生産量360万ヤードを全部空売りしていました。7／9月ものなので、その3倍の1080万ヤードで、金額は7億円を超えていました。65年前の事で現在に直すと驚く金額になります。

●大暴落

2か月すると課長が退院してきたら、支店長に呼ばれてこの赤バランスをゼロにする様に言われて戻ってこられた。深須君どうすると言われたので、今入れる（買い戻す）と5400万円の損失になります。私に任せてくれますかと言うと、任せるとこれも太っ腹な返事でした。

他の商品を買って数字だけ合わせましょうと言って、市場で最大の取引量がある／#2003という金巾という相当数の流通している商品を、なるべく噂が広がる様に3社のブローカーを使って買いました。生地単価が7割程度なので、数量は3割余計になりました。

驚いた事は500万ヤードもの大量の玉（商品）が、直ぐに買えた事で大阪市場は大きいなと感じた事。すると途端に「丸紅が入れたぞ」（買い戻す事）という話が大阪全域に広がったので、さあ大変、綿布相場の大暴落が始まりました。

●社内での異動

深須君をあそこに置いたのでは「飛んでもない事をするから」と言って加工織物課に異動させられました。7月の決算をすると遠州1号は1900万円の利益、S／#2003は、2100万円の損失で、差し引き200万円の損失でした。7／9月ものなのでその3倍の600万円の損失で済みましたので、課長には良くやってくれたと言われました。このことが私の人生で、「相場の怖さと腹が据わる」もとになり、その後の仕事と人生に、大いに役立つ事になりました。

●加工織物課での私の計画

異動して吃驚したのは、ワンフロア全部に台がありそこに反物を積んで客待ちして、片手に大きなそろばんを持って売っている事でした。これでは近所の問屋と同じで総合商社とはかけ離れていると思いました。上司は私を大事な仕入れ係にし、仕入れ先に、彼は今までとは違うからなと言って紹介しました。価格を出来るだけ下げる事と斬新なものを加える事を考えました。

●売れ行きの悪い商品の処分と女性の体

渋谷の駅前にT社という安売りの店があり大繁盛していました。そこの社長（韓国人）に来て頂き商品棚毎全部買い取って貰う事も数回ありました。

渋谷に見に行ったら物凄い女性軍が客で、数人の男性が台の開店と同時に台上の積み上げられた反物の上に乗って、物差しと鋏を持って客の注文を手際良くさばいていました。

店長と話していたら、10時開店でシャッターが開いて仕舞って、さあ大変で急に客が一斉になだれ込んできて、なかなか店を出られなくなりました。覚悟して出ようと藻掻いたが、女性の乳房と太いお尻が、自分の体に吸い付くような邪魔な感じで、あのとき程苦戦して店を出るのに、大汗をかいたのは初めての経験でした。

●潰し屋＝現在のアパレル業者

勿論、販売員達の事も考えて商品を仕入れましたが、他に自分は潰し屋（おかしな言葉だが生地を潰すので、その様に呼ばれていた）への売り込みを開始しました。人と同じ事だけをするのは嫌だったのですが、問屋街に位置しており、毎月売り出しの日があり、紅白の幕を張って大きなそろばんを持って客待ちをしていたので、他の問屋等からは同じ問屋と見られていたようです。

●他人と同じ事をするのが嫌い

本来は上司が行うべき加工織物課の仕入れ担当にされて仕舞ったので、今まで出来たものを産地の業者から仕入れしていた商品を、今度は過去の経験を生かして生地を買い、プリントする事にして、プリント工場へ行き技術獲得に精を出して研究に専念しました。仕入れコストが大幅に下がりました。小さな工場で時には染工場の中に入って、汚れ防止に前掛けをして工員と一緒に染料を溶いて機械を回した事もあって、良い勉強になりました。

●私の仕事、婦人服地

ＭＮ社に、サテン（繻子）ストライプ柄を注文したら、ロイヤルグリーン色で素晴らしく綺麗な織物を作ってきたので、これからは末永く取引をしようと決めました。最初の取引でしたが、後述する様に継続して大きな取引に発展します。この会社は埼玉県の所沢市と飯能市にあった数百軒の中で高級品を生産している機屋さんです。後に６０００万円するドローイングマシンを導入された度量も見事なものでした。今回の私の自叙伝発刊もここの中里会長の発案です。

●愛知県蒲郡市の産元ＫＭ社のＹＭ部長

蒲郡のＫＭ社のＹＭ氏が初めて来社したときは、ギンガムチェックが良く売れだしたときでした。１インチ（3・54㎝）間に色と白が８本間隔のものと４本間隔のものが中心でしたが、１インチ間隔のものを作りたいと考えていました。

ＹＭ氏が見本を持ってきたので、数量は何反作っているかと聞くと２００反（１００００ｍ）と言うので、全部買うと言うと吃驚して、初めて来てしかも全部買うと言われたのは初めてだと言われました。計算してみるとコストに近い価格でした。

それ以後、公私ともに仲良くなりましたが、遊びも天才でした。
蒲郡市の繊維業者の大会合で、接待役の芸者を見たら全部仲良しになっていました。

早速、当時ブラウスで最強のメーカーのＴブラウスのＴ専務に見せると、これは面白いと言って注文を頂きました。ＹＭ氏ともそれから永い取引が継続しました。彼はその後独立してＭ工業を設立して豊橋市の近くの村の町興しに成功しました。

●佐野市のＥ織物のＥ社長

彼は佐野市の盟主で、市長に立候補しましたが、農村人口が多かったので敗れて仕舞いました。彼が発案した先染織物は評判が良く、相当量を発注し続け良い関係が出来ました。

たまたま結婚の話をしたら仲人を俺がやろうかと言われ、お願いしました。

面白いところがあって、車の免許を持っておらず、市長からお願いだから取って下さいと懇願されていたのですが、それでも取りませんでした。

●既製品＝つるし

当時は、国民は生地を買って自分で縫製するか或いは、専門に縫製している業者に持ち込んでいました。然し、アメリカでは既に80％が既製品で、生地を買っている人は20％でした。日本は「つるし」と言って馬鹿にしていました。

然し、いずれは日本も同じ事になると思い行動する事にしました。当然、潰すので数量は沢山売れましたが、そのうちに問屋も潰し屋への取引に参画してきたので困りました。生地を潰すので「潰し屋」と言ったのですが、そのうちに「アパレル」と呼ぶ様になりました。

●ナイロン時代とテトロン時代

大手合織メーカーのTR社が米国からナイロン（学名ポリアミド）を導入して莫大な利益を上げて、繊維業のメーカーとしてはトップになりました。ナイロンタフタと命名して薄地の平織りを作り、全ての分野に配給の様な形で売りまくっていました。

（本来のタフタはシルクの厚地で確りした高級感のある織物だが、同社はロゴが簡単で良いので命名に使用したのだと思います）

更に英国からテリレン（学名ポリエステル）を、合織メーカーのTR社とTJ社の2社が導入して、両社の頭文字を採ってテトロンと名付けて大儲けをしていました。後に副社長から内密に聞くと工場から出る糸のコストは130円程度で それが900円で商社に飛ぶ様に売れていたので、合織メーカーのトップに君臨する様になりました。

●ニットでパジャマ革命を計画

TR社がテトロンの前にナイロンを導入して、我が世の春を謳歌して動き出したら、子会社の様な繊維商社C社がドイツの繊維機械メーカーK社から高速機械を導入して、足利でナイロンストッキングを作り始めて大成功して、足利の機械が全部それに置き換わった。紡績糸即ちスパンものを編み上げる機械は殆どお蔵入りになりました。

そこで私が綿の40番手で縦縞のパジャマ生地を作ってみると、案外に良いものが出来ました。但し当時は、編み物は目方で商売が行われていて、生地を縫製して販売する業者に対しては目方では取引が出来ないので、メートル（m）単位で売る様に計画しました。

しかも、ニット（トリコット）になると織物より生地が厚く価格が高くなるので、量販に向かないと考えました。それを安くする事、重量を軽くする事、保温性、色彩を考えていたら、一石三鳥以上になる素材が頭に浮かびました。

●染まらないポリプロピレン

ＴＲ社がナイロンで、ＴＲ社とＴＪ社がテトロンで会社が急成長した事が羨望の的でした。各紡績は比重が1以下で水に浮くというポリプロピレン繊維に目を付けて、イタリアの老舗Ｍ社参りを行い数社が導入しました。比重が1以下なので、誰もが同じ事を考えて早速水着を製作して、有名選手に泳いで貰ったまでは良かったのですが、選手が水から上がった途端ずり落ちて仕舞い大笑いになったそうです。

●混紡糸の生産を活用

ポリプロピレン繊維は染まらないので綿と混ぜて混紡糸を生産したところ、綿だけ染まるので皆霜降りになって売れず、各社大量に在庫を持っていました。

そこに目を付けた私は、ＤＷ紡績に行ってＫ大学出身のＹ部長に談判しました。

当時、現実に売れていなかったポリプロ綿混紡績糸（45番手）を買いたいと言ったらビックリして、量を幾ら買ってくれるかと言ったので、月１００梱（こうり）、１梱が４００ポンドなので４００００ポンド（２２０００kg）と言ったら、驚いたが価格は幾らなら買ってくれると聞くので、１梱あたり８万円と言ったら二度吃驚されました。40／１単糸が12万円したので３分の２である。さすがに部長は考えました。

計算機はなく、そろばんで計算して、約1時間してから戻って来て、深須さん売りましょうとなりました。比重が軽いので綿糸の40番手が45番で同じ太さになるので見た目より軽くなり、しかも綿１００％よりソフトで着やすくなると思いました。同じ量でも製品は２割程度製品が軽くなる計算でした。

さて、染めをどうしようかと考えたら、丁度それ以前に青梅のB紡織のT社長から、タオル織物だけでは回しきれないと聞いていたので、そこへ話を申し込んだら大変に喜んで歓迎してくれて、染賃も一般よりかなり安くして貰えました。そして、機械もフル稼働する様になって喜ばれました。色彩も霜降り状態がパジャマには却って適していて良かったのでした。

この商品は売れる自信があったので、関東地区にある有力なパジャマメーカーを上から7社選定して丸紅に来て頂き、見本を見せながら説明会を開いた結果、全社が取り扱いたいと言ったので一安心しました。

柄はストライプだけなので自分で作り、色もブルー、ピンクとイエローの３色なので、デザイナーは必要ありませんでした。全デパートに商品が並ぶと飛ぶ様に売れて早速7社から大量に注文が入りました。大ヒットしてパジャマ業界に旋風を巻き起こしました。

●更に1社が綿混紡績糸を生産

MR社の課長が見えて、うちにも綿混紡糸があるので使って欲しいと言うので、価格を言うとそれで結構ですと言われました。早速、別のパジャマ会社を集めて同じような販売方法を採用したので、秋冬物パジャマは殆どこれになって仕舞いました。総合商社に居ると、やり方によっては一つの産地を動かす事が出来ると思いました。

後日、Y氏が大阪から本部長になってきました。大御所が何をされにきたのですかと言うと、今日は販売に来たと言われました。二人の部下を連れて、こいつらは、物を作っておきながら全然売らないんだ、実は綿サテンで生地が15万メートルあるので、是非買って欲しいと言われたから値段を聞くと安いのでOKしました。すると、君らは何処に売りに行っているのか？　深須さんは安全な商品なら、必ず買ってくれると二人を叱っていました。10万メートル単位の生地を買える事が出来るのは私の所しかないのです。これも次のYC社を抱えているからです。

●婦人服地最大手YC社との取引

恐れて丸紅からは誰も行かないYC社に狙いを絞って毎日、半日間休みなく通いましたが、いつも客が多くて担当者に面会するのも大変でした。1年後に漸く同年齢のA部長に認められて取引が始まりました。

婦人服地問屋としての同社は京都が本社ですが、東京店が格段の規模で、当時（55年前）200億円の売上をしていました。服地問屋で日本一でした。

ＴＳ社の麻と、経にポリエステルのフィラメントを使用した織物を提供したら、Ａ部長は何の迷いもなく２００反（１万ｍ）10色の数量を注文された後、彼は直ぐにＯ課長を紹介してくれました。最初はなんだか分からない人でしたが、付き合っているうちに、なんでもズバズバと言う人柄が分かって、却って付き合いやすくなりました。彼は部長になって活躍した後に独立して成功しました。

●海外出張

未だ商社の内地部とＹＣ社以外の服地問屋からは誰も海外には出ていませんでした。然し、当時の極一部のアパレル業者はヨーロッパに出張して、向こうのファッションを取り入れ始めていました。数年前までは服地関係の業者がアパレルをリードしていたのに、逆になって仕舞うと考えました。

特に婦人服業界は殆どヨーロッパのファッションが流行の発端だったので、私はなるべく早く行って取り入れた方が得策と考えて計画しました。

そこで私はファッションの勉強をしないと取り残されると考えて、32歳の時にヨーロッパ旅行をＳ支店長に申請したのですが、予想していた通り彼には時期尚早と言われました。そこで直ぐに大阪本社の取締役繊維本部長宛てに論文を書いて送りました。すると、君は海外渡航適格者試験（今は検定試験）を受けているかと質問されましたが、内地専門の部隊だったので受けていませんでした。

大手町の東京本社の海外人事部のM課長（彼は優秀で早くから課長になったと聞いていた人で、バレー部では未だ9人制の時代で、背が小さいのでレシーブ専門、私は180㎝でアタック専門）と海外出張の話をしたら、深須君丁度良い所へ来た、来週の月曜日に英会話の試験があるので受けなさいよ、順番は一番にしておくからと言われたので、宜しくと返事をしました。

●英会話の試験

さて、試験と言われても、英会話の勉強はしていましたが、実際に使った経験がなかったので、貿易部を希望していて、希望を聞いて移籍させた元部下のK君を呼び出して、昼飯をご馳走すると言ったら喜んでくれました。大手町のレストランに入って、頼むからこれから1時間英語だけで会話をして欲しいと言ったら、何をするのですかと聞かれたので、実はこれから渡航試験の会話試験を受けると言うと、分かりました協力しますと言ってくれました。彼とたっぷり1時間喋った後で、彼が別れ際に Take it easy と言ったので、OK, I will do と返事をしました。

試験室へ入ると、英国人と海外人事部長が座っていて、英国人（2回通った津田塾で出会った事があった）が次々と質問をしてきたので、間断なく返事をして約10分間が過ぎたら、人事部長がご苦労さんと言われたので、有難うございますと言って部屋を出ました。

5日後に封筒が届いたので開けると、会話試験の合格表で、評点が「A」で、但しややスムーズさが足りないと書いてありました。それは実際に使っていないので、当たり前と思いました。課の皆が凄いと言いましたが、後日聞くと内地から合格したのは私だけでした。

●初めての海外旅行

大阪本社に出張して本部長に会話試験の合格表を添付して海外出張予定表を提出したら、捺印してくれました。帰京して支店長に出すと黙って捺印しました。予定表を見た海外人事課の嫌な奴T氏が〝何これは遊びではないですか？〟と言ったら、人事副部長が来て〝深須君の場合は遊びも仕事だよ〟と言ったらそのT氏は黙って仕舞った。

1963年4月、羽田空港に家族や友人皆が見送りに来てくれた時代で、徒歩で搭乗口まで歩いて行きました。当時は1ドルが360円で外貨節約の為、一般には500ドルしか持ち出せない時代でしたが、商社の特権で2000ドルを持って行きました。内地部門から海外出張では第1号になりました。

飛行機は未だジャンボがなく、DC8というターボプロップの120人乗りでかなり窮屈でしたが、眠れなくて出された食事は、全部平らげました。旅行中にどんどん体重が増えて漸く待望の60㎏になりました。

帰国後に26時間眠り続けて寝ると疲れが取れたので、3週間の旅行で非常に有効であった記憶を、A4の用紙8枚のレポートにまとめて各方面に提出したら月刊社誌（1万部）に掲載しませんかと言われたので、内容を縮小して原稿を渡したら、発刊されて内地からも海外旅行が大事である事が認識されました。すると、なんの事はない、支店長は2年後から毎年ボーナスの積もりで海外出張をさせる様になりました。然し、私だけは別格で、行きたいときにはいつでも行ける様になったので、その後の仕事の拡大に大きく貢献しました。

●雨のロンドン

良く雨が降ると言われるが、降られたのはこの最初の時だけ、しかも午前中に2時間だけで、その後10回行きましたが一度も降られませんでした。毎年行ったロンドンの企画会社の人が、あなたは Weather Mascot（ウエザーマスコット）だと言われました。実際、私は晴れ男で旅行中はめったに雨にあう事はないラッキーな人です。ロンドンの紳士の傘はタクシーを呼ぶ道具だそうで、一度開くと傘屋に行って、綺麗に織り込んでいるらしい。丁度テレビドラマの『ハイラム君乾杯！』というのを良く見ましたが、傘を剣の代わりにして賊を打ち負かす話で、素晴らしい傘捌き（剣捌き）でした。

ロンドン支店に以前日本橋が東京支店の頃に鉄鋼部に在籍していた（未だ鉄鋼部が日本橋にあった）先輩のNさんが、ああ深須君、君がここに来れば良いのに、俺なんかここは向いてないから交代しないかと言われましたが、日本から世界中を旅行した方が良いと思っていたので、お断りしました。支店長には言わない様にお願いしました。

繊維担当のI君がご馳走してくれましたが（経費は後から私の課に振り替わる）、睡眠不足で疲れていたので隅の椅子を並べて1時間寝たら、若さのせいかすっかり元気を取り戻しました。

●気位の高いフランス人

パリのデパートで買い物をしたときに英語で値段を聞くと、フランス語で返事をされたので、小さい靴屋に入ってその話をしたら、周りにフランス人が沢山いると〝なんだあいつはオベッカをつかいやがって〟となるそうでした。

街中で道を聞く時も、〝エスクヴ、パブレ、ラングレ?〟とフランス語で英語を話しますか?と話しかけるとスムーズにいく事が出来ると分かりました。〝ウイ〟とくればしめたもので、〝パブロンザンラングレ＝レッツスピークイングリシュ〟で英語に切り替えが出来ます。これは昔の日本でも同じ事だと思いました。外国人が急に外国語で話したら答えない人も、たどたどしい日本語で話し掛けられたら答えると思うのです。フランス語も少し勉強しておいたので良かったと思いました。

●パリ会社で

日本から出張してくる丸紅社員が、パリ会社のK社長に電話で英語が全然通じないとコボスのですが、当たり前だ、ここはフランスだから少しはフランス語を勉強してから来いと、いつも言ってやるのだそうです。

社長がここへ来ないかと言われたときに、フランス語とファッションの勉強には良いが、イタリアと違って、ここではあまり繊維の取引が出来ていないので、日本の方が面白いと思ってお断りしました。

ホテルは何処かと聞かれたので、ジョルジュ・サンクと言うと、あそこはうちの社長でも泊まらないよと言われました。コインが5フランしかなかったのでチップとして枕の下に置いたら、アッパーシーツを取って毛布がそのままで気持ちが良かったのは、初めてでした。

シャンゼリゼ通りにあるアメリカの航空会社に行って、チケットの変更を依頼したときに、受付にフランス人形のような絶世の美人が居て日本語が大変に上手なので聞くとご主人は日本人ですと言われて納得しました。

何ホテルに居るかと聞かれて、YC社のI部長以下4名がそれぞれに「ベルネ」を少しずつ変えて言いましたが、皆違うと言われたので、最後に私が「オテルベッヘネ」と言うと、それそれ！と言われてホッとしました。フランス語の「R」は無声音なので、発音がし難いので仕方がないと思いました。

●数字の引き算が出来ない（？）フランス人

今は計算機が何処にもあるので問題はないですが、60年前は酷かったです。例えば、店で82フランの商品を購入して、100フラン紙幣を渡すと日本人なら直ぐに18フランのおつりが出ますが、フランス人は、まず82フランの商品を置き、その上に10フランの紙幣をのせて92フラン、更に5フランをのせて97フラン、更に1フランを3枚のせて、ハイ100フラン、そして商品を外すと、18フランのおつりが残るのです。

頭が良いのかどうか分かりません。因みに、60はスワサントですが、70は60プラス10でスワサントディスですが、80は4×20でキャトルヴァンです。90はそれに10を足してキャトルヴァンディスとなります。これでは引き算はやりにくいと思いませんか？

60年前に初めて一人でパリに行ったときに、ル・ブルジェ空港からタクシーを使って、パリ市に着いたときに、サフェコンビアン（いくらになりますか）と言うと、キャトルヴァンディスセットと言われたが、最後が聞き取れず、キャトルヴァンと言うと、ノン、キャトルヴァン＋ディス＋セット（４×20＋10＋７）＝97フラン、とゆっくり言われました。分かったので、１２０フラン渡すと、大きな声で、メヘルシーボクゥ（大変に有難うございます）と言われました。

取引を通訳するのにフランス語とイタリア語の数字だけは何としても憶えたいので、現地の車に乗ったときには前を走っている車のナンバーを発音してネイティブ（現地人）の発音を一生懸命に勉強しました。

例えばインターストッフ（繊維展示会）のイタリア会社のコーナーで、交渉で値切るときは英語ですが、先方はイタリア語で上司と相談しているのを聞けるので、有利に交渉出来る様になりました。

●外国語はアクセントが大切

ミラノのレストランで、ロゼワインを注文しましたが、何度言っても通じません。多少日本語が分かる人が、最後にああロゼね、と、第2シラブルにアクセントを付けました。

スペインのバルセロナで、地下鉄を降りたら出口が分かりません。困っていると向かいのホームに小母さんが箒を持って出てきましたから、SORTE（ソルテ）と何度言っても分かりません。2分くらい経ったときに彼女が、ああソルテ、と言って指さして更にドアは右に引けとジェスチャしてくれて、やっと出られました。

日本の百貨店M社で売っている高級品ロエベの店を探していましたが、道路が混んでいて分かませんでした。やはりロエベと言っても通じません、ロエヴェでやっと通じました。直ぐ斜め前にありました。

以前に私も失敗した事がありました。アメリカ人教師と会話の勉強中にスポーツは何をしているかと聞かれ、ピラティスと答えると、分からないと言われました。ドイツの医者が考えた治療法で大戦後にピラティスさんがアメリカに渡って傷病兵のリハビリに活用したと説明しても分か（理解）って貰えませんでした。

結局、スペリングをと言われたので、Pilatesと言うと、ああピラリィスね。君はアクセントを間違えていると言われ、ちょっと恥ずかしかったです。この言葉は日本語になっていたので、第2シラブルにアクセントが来るのを言い難かったのでした。

同じ様に、アドバイスやアクセサリーも日本語になっているが、米英人と話すときはアドヴァイスとアクセサリーの第2シラブルにアクセントが来ないと駄目ですね。

外国語の会話は耳から聞いたそのままを真似する事が大事ですね。美空ひばりさんは、耳が良いから聞いたままを暗記するので、アメリカ人が聞いて良く分かると言われています。

彼女は楽譜が読めないそうですが、記憶力が抜群に良いという事ですね。

私はクラシック音楽が好きで良く聴きますが、昔、指揮者のストコフスキーさんは極度の近眼で楽譜は見ても見えなかったので、全て暗記していたそうですが、或る指揮中に1か所の記憶が飛んで仕舞って、その場は何とかやり過ごしたのですが、それが原因で指揮者をやめたと聞きました。

現在でも、目が見えないピアニストさんがいますが、彼らの記憶力は物凄いものです。数字の記憶力競争では2000桁以上の記憶をする人をテレビで見ましたが、彼らの頭脳はどうなっているのでしょうか。

●YC社との取引拡大

YC社には専務取締役のSさんが居られて、業界からS天皇と呼ばれ恐れられていました。大手のアパレルも、婦人服の生産には同社に大変に世話になっていました。

浜松の最大手染工場のD染工で私とも親身にお付き合いのあったT専務が、U紡績の課長に数十万円のクレームで困っていたときに、丁度S天皇が入ってきて、課長に向かって、オオ何々君出張か、「あんじょうやってあげてや」と言われたら、それっきりクレームの話は消えて仕舞って助かりましたと後で私に言われました。そのくらい紡績会社の課長もS専務は怖かったのでした。

私は前述の通り1年間毎日通って、同い年のA部長と仲良くなったら天皇に呼び止められ、そこでYC社の仕入れ先は、○井物産と○菱商事の2社から120億円仕入れている事が判明しました。

●プリント服地の取引

綿プリントに目を付けました。使用していた生地はかつて相場で大それた事を行ったポプリンの遠州1号が主力なので、天皇に、不需要期の7／9月に3分の1を先物で買いましょう。丸紅が持っているので、お宅の負担にはなりません、スケッチ（柄の図案）は貴社で出して下さい、と言いました。

また、プリント工場も貴社の使っているところを使いましょう。但し支払いは丸紅が行います。私が丸紅として委託加工の業務を全部行うので、貴社は最終のプリント服地を仕入れる事になります、と伝えました（実際にYC社の支払いは実質240日手形）。それを丸紅は60日手形にしたら、当時は金利がかなり高かったので加工費を大幅に下げさせ、その結果ＹＣ社の仕入れ価格が５％も下がりました。

●棉（綿）に関して講義を

天皇とは、飽くまで総合商社的な話ばかりして、棉花の原料から世界の棉花事情、経済や政治的な話をいつもしていたので、深須君、うちの社員に綿について講義をしてくれないかと言われました。快く了解すると、天皇以下２００名の社員のうち、１５０名が講堂に集合していました。

そこで棉花の植え付け、刈り取りから始まり、米綿が世界の棉花市場をリードしている事、５００ポンドの原棉を麻袋に入れて、鉄帯で締めて船で日本へ来るので錆びた鉄粉が中に入り後で問題になる事等、棉花、綿糸、綿布の相場等を詳しく説明しました。ＹＣ社さんは、他の問屋とは違い、教育を熱心に行っており、ウールについては別の日にＴ紡績の担当課長に依頼しておりました。

●大阪本社の特別部隊から中国との取引開始について依頼される

中国取引を開始する事になり、丸紅もこれからの中国取引は戦前と同様に大きくなるので、積極的にスタートしました。

綿布や絹糸から始まりましたが、社内で綿布を大量に使用していた私に中国取引特別担当者から電話がありました。

商品見本を見ると大変に綺麗な糸使いで素晴らしい織物でしたので、早速30番手で、インチ間に経80緯70本の平織りを50万メートル注文すると大変に喜ばれました。この生地はやや特殊で大阪本社の捺染部では使用していませんでした。特別部隊から宣伝費を貰い助かりました。

●YC社に対する綿プリント服地の独占取引

天皇から社員に対して〝プリントは深須君以外から買ってはあかん〟というお触れが出た為、その年は600万メートルの取引が出来ました。当時、万里の長城が6000㎞と言われていたのと同じ量を販売したわけです。

●親友O君と副社長C氏との繋がり

O君が深須君、イタリア人との付き合いはかなり脂っこいものだよ、内容は君の想像に任せると言いました。

或る日の翌日に、大事な契約があってC氏に何としても会いに行く必要があるときに、イタリアがゼネラル・ストライキで動きが取れずに困ったそうです。パリにいたO君は思い切って車でスイスの山を越えてミラノまでたどり着いて、直ぐに副社長に電話すると、そこまでしてくれる君は良いやつだなと言って、今から君のホテルに行くから食事をしようと言われました。待っていると一人の大変美しい女性を、僕の仕事のお手伝いをしている人と言って同伴してきました。

食事の後で2セットのトランプのカードを持って、君の部屋で面白いゲームをすると言われました。3人なので、変則ブリッジかなと思いました。部屋に入ると3人ではあまり面白くはないので、イタリア式の素敵なゲームをしましょうとなり、そのプレイを満喫しました。それを機に副社長と彼は今まで以上に、まるで兄弟の様に仲良しになりました。

●イタリアのプリント服地

ロンドンの百貨店L社から優秀なデザイナーを引き抜いてから、見違える程良いデザインとカラーのプリント服地が出来たのでした。

親友のO君が、深須君、希望があれば何でも言ってくれと言うので、○井物産も○菱商事も買えなかったL社風の綿プリントをイタリアのデザイナーC社から買えるかと言うと、出来ると思うと言って、電話をするとOKとなったので、評判の良い柄を10くらい送って欲しいと言いました。すると、10柄に各3配色を各10m、合計300mを丸紅宛てに送ってきました。

早速、日本橋支店の4階に空き部屋があったので、そこに生地を掛ける装置をして展示して、直ぐにYC社の天皇に話すと、A店長を連れて見に来て頂いた結果、これは素晴らしいから直ぐに明後日イタリアへ行こうとなりました。

ミラノ空港からホテルドゥオーモに3人が着くなり、○井物産のミラノ支店のS氏が、10人乗りのベンツで駆けつけてYC社の2人を何処かへ食事に連れて行って仕舞いました。○井物産とYC社が行くと、いつもそうしていると思い仕方がないと感じました。

翌日、3人でO君に連れられてC社を訪問して約600反（3万m）を契約しました。その後も毎年大量の買い付けをしたので、ミラノ支店で繊維での大きな取引は初めてで大変に喜ばれました。

後日、○井物産がC社から少しの量を買ってYC社に販売した事で、○井物産のS課長が、深須さんに叱られるかなとYC社のO部長に打ち明けたら、心配するな、彼はそんな小さい人間ではないと諭されて安心したと私に言いました。僅かな量の商品を取引した事は分かっていました。

●毎年の海外出張のスケジュール

毎年ヨーロッパの大きな展示会に2週間の予定で出張していましたが、途中、土日が入る様にして観光を組み込みました。

YC社の4人を連れてスイスのユングフラウヨッホに行くとき、インターラーケンに着いたら物凄い雨でした。車掌に上はどうだと聞いたらダメダメと言われましたが、晴れ男の私が強引に4名を連れて登山電車に乗り込んだら、100年前に切削した岩山は登るにつれて天気が回復し、3度目の頂上ではカンカン照りの素晴らしい日になりました。

目の前の席に居たドイツの親子と話をしましたが、今年はこれで2回目だそうで、私にスケジュールはいつまでここに居るかと聞くので、今日だけと言ったら、こんな良い天気にと言われたが、仕事でヨーロッパへ来たので残念だが仕方がないと返事をしました。

YC社の一人S君が夏の装いで来たので、長くは居れず早々に山を下りる事にしましたが、現地の若者達15名はスキー板に履き替えてワイワイと騒ぎながら降りて行きました。１８０㎞のダウンスロープで、途中に山小屋があって休みながら、下まで滑って行くので大変に楽しそうでした。

●取引限度の申請

ＹＣ社に対し信用限度50億円を申請しました（当時、他の担当者は多くて精々2億円程度）。年間60億円をＹＣ社へ売り込んでいた当時の○井物産の売上が10億円までに減少し、その代わり丸紅から50億円の仕入れになって仕舞ったので、○井物産では、丸紅の深須はトンでもないやつだと言っていたそうでした。ＹＣ社のＹ社長からは何とか○井物産に頑張って欲しいと言われ、○井物産も何とかしたいといつも言っていたそうでした。これで私が丸紅を退社したときの○井物産の状況がお分かりでしょう（後述します）。

●アメリカへ出張

丸紅本社の輸出プリント担当から話を聞いて、アメリカのＳ社との取引にＹＣ社のＡ部長と一緒に出掛けたら、直ぐに○井物産のＴ部長（大正期の総理大臣のお孫さん）が後から追いかけてきました。大変な紳士で、夕食を一緒に誘われてご馳走になって仕舞いました。

この時以来、彼とも親しくなりました。彼は日本の百貨店Ｍ社に頼まれてフランスのブランドＰＣ社の商品を導入した人で、これが海外ブランド導入の切っ掛けになり、その後続々と海外ブランドが入ってきたのは皆さんご存じの通りで、ヨーロッパの著名ブランドの大半が日本に導入されました。

●ニューヨークでの失敗

S社の社長が名門のH大学の卒業者だけが入れるという高級レストランに連れて行ってくれました。そこで勧められた生のあさりを食べたら、夜になって下痢と腹痛で困りましたが、幸いにいつも携帯している抗生物質で、朝までに回復しました。

別の日、2月の寒い日で、ニュースで雀が落ちたと言われた零下15度のときに、国連本部からエンパイアステートビルまで歩いていたら、頭がぼーっとして今にも倒れそうになりました。こらえて何とかデパートにたどり着きましたが、日本の様に椅子がないので階段に腰かけて40分くらいしたら回復しました。

ニューヨーク丸紅会社に入って話をしたら、耳を保温していないからだと言われました。そういえば歩いていた人は全員が深い帽子や毛糸の耳当てで耳を隠していました。慌てて毛糸の帽子を購入しました。

或る日運が良ければエンパイアステートビルの一番上で、雨が下から上に降るのが見えると聞いたので、丁度雨が降ってきたのでエレベーターを何回か乗り継いで行ってみたら、本当に雨が凄い勢いで下から上に降っていました。

●バレーボール

丸紅に入ってからバレーボール部を作りましたが、日本橋支店は人が少なくて女子部しか出来ませんでした。自分は仕方なくスパイクの練習だけしていて、女性に球拾いをさせていましたが、ある朝一人が腕に三角巾を巻いてきました。聞くと、私の打ったこぼれ球を受けたら痛かったので、医者に行ったら骨にヒビが入っていると言われたそうです。それ以来、私のボールはダイレクトには受けない様にさせました。

大手町の東京本社にH大学でバレーボール部に居たK部長を知って、男子部を作る事にしました。当時、大阪支社は9人制の実業団1部で活躍していたので、東西対抗を毎年一度行いました。

東京はアタックが私一人で、ワンセットは取れましたが、4人がブロックに立たれて仕舞い苦戦しました。ジャンプ力が80㎝あったので、セッターのK部長に、トスをあと20㎝高くしてくれればブロックの上を抜くからと言うと、深須君なぁ30歳になると力が出なくて無理だよと、弱音を吐かれて仕舞いました。

2〜3年続きましたが、6人制になって対抗戦も終わりました。東京では、伊豆山に保養所があり、はとバスで東京見物。大阪は、六甲山に保養所があって、どちらも温泉を掘ったら湯が出過ぎて、近所に配っていたそうでした。

●スキー

取引先で神田にあった帆布生地専門問屋のK商店に紹介された銀座のKS社と言うスポーツ専門のお店に行ったら、ご主人がこれなら技術も早く良くなりますと言って、選手が使用するようなO製作所の高級品を勧められたので、岡山から出張で来ていた同期生のM君と相談しながら買って仕舞いました。

初めて行った草津のゲレンデの上の35度の急坂で、左のスキー板の先がデコボコの所に突き刺さって、真っ逆さまに宙吊りになって仕舞いました。板は折れなかったけれど、相当怖かったのを覚えています。

未だ土曜日が休日ではなく、夜行列車で重いスキー板とリュックサックを背負って、満員列車に乗って、何度も出かけて日曜日の夜行列車で帰り、月曜日に会社に出勤していました。今の若い人には到底考えられない事を毎週の様にやっていたのでした。

未だ米は配給制で警官に見つかると没収されて仕舞う時代でしたが、小母さん達が2斗の袋を両手に持って、更に背中に2斗を背負って、満員列車に乗り込んで来ました。

置き場所がないので、私が網棚に載せましょうと言うと、持てるもんですかと言いました。当時は力があったから、片手で上にあげたら吃驚していました。下ろすときはと言うので、いつでも言って下されば下ろしますよと言いました。

●ゴルフ

義父に静岡県沼津市にある愛鷹シックスハンドレッドクラブのコースへ連れていかれました。素晴らしく良いコースなので、野毛にあるホテルの社長さんが保証人になって下さって直ぐに入会しました。初めは、なかなか上手くはなりませんでしたが、それでも当たれば飛距離は凄かったです。ウッドクラブばかり練習していました。

初めてのコースは埼玉県に連れて行かれたときでした。2打目に、たまたまスプーンが良く当たったら、キャディさんにプロみたいと言われて喜びました。フェアウェイから、スプーンで260ヤードも飛んでいたのです。野球のピッチャー、やり投げの選手、バレーボールのアタッカーは、ゴルフボールが良く飛ぶそうです。

日本中が雪でゴルフ場が閉鎖したときに、愛鷹シックスハンドレッドだけが雪が全くなくて、○井物産のT副社長とYC社のA店長を誘ってゴルフをしました。何処かの社長がT副社長に、さすがに良いコースをご存じですねと言いました。

YC社の運転手が折角雪用のタイヤを装備してきたのに、全然雪がないので、がっかりしたと言いました。愛鷹は富士山と愛鷹山の二重ガードで、雪が降らないのです。

60歳のときにTブラウスに勤務していたK大学出身でHC2の人と回ったら、さすがにティーショットは常に280ヤード飛んでいました。

私も飛ぶ方なので、数回追い越すと、良く飛びますねと褒められました。スコアは良くなかったが、飛ぶ事が嬉しかったです。

高校時代の友人で府中の東京クラブでハンディキャップ委員長、最終は常任委員（副理事長）をやったE君がハンディキャップ7で一番上手でした。彼が10名くらい集めたので数回参加しました。

65歳のときにYC社の124名の大コンペでHC16の6アンダー＝82で、実質優勝しました。最低HC30を尾州の機屋が一人だけ36で申告して108で回り8アンダーで1位、優勝の挨拶では誰も拍手せずシーンとなり場が白けました。

産地の人が、彼はいつもハーフ50で回っているよと言いましたのでハンディは14が適正です。常識はずれとエチケット違反です。

A店長のネットスコアが私と同じでしたが、ハンディが3異なりましたので3位になりました。

42歳のとき、岐阜でプレーしていて前下がりの斜面にボールが落ちたときに、狙って思いきりクラブを振ったら、ボールが当たる寸前に下へ転がり落ち、空振りになって仕舞いました。ギクッと腰に音がしてそのまま動けなくなりました。それでも我慢して何とか最後まで痛みに耐えながらプレーを続けたのが悪かった。岐阜から横浜まで無理をして車で帰ってきたのも悪かった。2日ばかり這う様にして会社に行きましたが、痛くてどうしようもないときでした。

隣の課長の部下のI君の叔父さんが、船橋で腰の治療をしていると聞いたので、早速行って治療をして頂くと、痛みがすっかり取れました。所謂日本式のカイロプラクティックでした。5回通ったのですが、残念な事に、完治する前に先生が亡くなられました。

やむなくK大学病院へ行くと、これは手術しなければ、歩けなくなりますからやりましょうと言われました。然し、当時の技術では心配だったので、先生に切って頂くのは有難いですが、血は流さずに手術出来ませんか?と聞くと、そんな事は出来ないと言われたので、それではしないで下さいと言って帰りました。現在の技術は輸血なしでオペが出来ています。それからは、ありとあらゆる治療をしました（後述します）。

●アービルスポーツクラブ

横浜カントリークラブの近くにS興産がアービル（URBIL）と言う、大きなプールの周りに、9ホールのショートコースを作って売り出したので、２４０万円で購入しましたが、終いには４３０万円に値上がりしました。

相当大きなスポーツクラブで派手な行事が好きで、ミスコンテストを開催したり、結婚式をプールの中の場所で請け負ったりもしていました。然し、経営者のS社長は経営感覚が乏しく10年間で潰れて出資金は返りませんでした。

そこに勤めていた関東シニア大会で優勝した中川プロについて教えて頂いて、HCが18からオフィシャルＪ12までなりました。

●スポーツクラブから、カナダにゴルフ旅行を計画

パンフレットを貰ったので、丁度結婚30周年記年にもなるし申し込みました。私は仕事で毎年の様に海外に出かけていたので、妻に申し訳ないとも思っていたし、新婚旅行も海外には行かなかったので、丁度良いと思いました。英語の堪能なS社長を入れて丁度10名になる少人数のグループでした。

バンクーバーで乗り継ぎをしてエドモンドまで飛んで、そこからはバスで4時間かけて目的地のジャスパーまで行きましたが、道路はコンクリートを打ちっぱなしの感じで乗り心地はあまり良くありませんでした。土地が広くて一方通行で反対車線が何処にあるのかと思い、良く見たら間が１００メートルくらいある先を反対方向に車が走っていたのには驚きました。樹木の下の方の樹皮が剥けているのは、鹿やその他の動物が冬は餌がないので食べて仕舞うからでした。

最初のジャスパーゴルフコースは、ホテルが松林の中に点々とあるバンガロー風の建物で、そこに皆が分散して宿泊しました。湖があちこちにあって何ともいえない美しい景色でした。

ディナーは、生の演奏が付いていたので結婚記念日だと言ったら、ワルツを演奏してくれたので、久しぶりに家内と踊ってみました。一緒に行ったN電気勤務のNさんがそれを見て、本格的にソーシャルダンスを習い始め、今ではA級になっています。

2番目はカナナスキスで、コースの片側を見ると高くて急なロッキー山脈に囲まれたところで、山の上の方は雪が被っていた雄大な所でした。電動カートで歩かなかったが、コースでは管理人がかなり煩かったです。

皆で氷河見物に出かけました。雄大な氷河を初めて見ましたが、素晴らしかったです。帰り道に未だ明るいので、これからゴルフをやろうという事に全員一致して近くのコースに行きました。18時頃から22時までプレーをしましたが、流石に暗くなり遠くでコヨーテが鳴きだしたので引き上げました。

次はバンフのゴルフコースでした。矢張り雄大で、始めて少しすると雨に降られましたが、途中で運良くやんでくれました。コースの脇で鹿がのんびりと草を食べていたり、リスがあちこちに居たりしました。

最後は、バンクーバーからバスで2時間くらいのウィスラーゴルフクラブに行きました。

スキーで有名な絶好の場所でした。家内が還暦祝いに赤いセーターをプレゼントしてくれましたが、今でも大事にして着ています。1週間の旅行で5回もゴルフを行って全員が満足でした。

●2度目はグアム島へのゴルフ旅行

行く寸前に妻が坂道で転んで腕を骨折したので困ったが、取りあえず腕を三角巾で覆って出かけました。妻はゴルフが出来ませんでしたが、コースを一緒に歩いて回りました。腕が使えないので、シャワーも手伝いながら洗って何とかなりました。コースは物凄く暑かったですが、日焼け止めを塗ったのであまり日焼けはせずに済みました。

他の皆は3回プレーをしましたが、私達夫婦は一日を潜水艦に乗って海中見物して過ごしました。初めての潜水艦で面白かったですが、グアムの海中は意外に色彩がなく、ちょっと期待はずれでした。

●上海に初めてゴルフ場が出来た

○井物産の子会社の上海の縫製業者主催のコンペに参加しました。そこの社長と一緒の組になりました。未だ道具も揃りが取れていたり、揃っていなかったりで、どうにもならなかったので、ドライバーだけは社長のクラブをその都度借りて打ちました。距離は彼の2打と私の1打と同じだったのでロングコースで2オンしましたが、彼は3オンでもパットの違いで二人ともにパーで上がりました。

然し、コースは奇麗でした。その理由はフェアウェイに若い女性が横一列に50人程並んで、雑草取りに励んでいたからでした。問題は、キャディの教育が出来ていなくて、打った後に何処行ったと聞くと、〝わからなーい〟でした。それもその筈で、二人のキャディがおしゃべりに夢中なのです。

●家内と娘夫婦4人で横浜カントリーで

75歳までは未だ250ヤード飛んでいましたが、79歳になるとそれが良く飛んでも225ヤードになって仕舞い、同じレギュラーティから打った娘に、ついに追い越されました。飛ばなくなったなと言うと、良いじゃないの80近くになってそれだけ飛べばと言われました。それまでは曲がって飛ばなかった義息が真っ直ぐに良く飛ぶ様になったので、競争する気持ちがなくなりました。

彼がゴルフは道具ですよと言ったので、自分もD社のクラブを買うつもりでいたところ、横浜の百貨店S社に行ったときに試打させて貰いました。色々と試してみてこれだと思うクラブを何回もテストしてみました。その都度カメラで取り初速、方向飛距離を出してくれましたが全部真っ直ぐ飛ぶ様になったクラブに決めました。8万8000円を7万6000円まで値切りました。

●織物組合の一つの組織、FIC問題

T氏が組合の中の（FIC）で採算が取れず苦労していました。拵えた繊維問屋SM社の社長他の皆が知らん顔でしたが、更にこの部隊はやめようと言い出しました。そこで、組合員の皆さんが繊維に関する知識が薄いので、我々先輩が有料で教室を開けば、各社も賛同してくれて集まるのではないかと提案しました。案の定40～50名の生徒が来て、採算が取れる様になり、大変に喜ばれました。

これならいけると毎年続ける事にしたら、驚いた事に、4回目のときに○井物産から16名、○菱商事から12名の参加があり、他にデパートやその他関連企業からも申し込みがあって、120名の生徒さんで会場が入り切れなくなりました。結局、繊維に関する勉強教室が何処にもなかったのでそうなったと思いました。○井物産のY取締役部長に話したら、繊維の勉強をする様に命令したそうでした。綿関係を担当させられましたが、我々臨時教師には一回につき、5万円頂き臨時収入になりました。

●人から良く頼まれる事

或るとき、MR社のY課長が来て、今YC社のK部長の所に人が来て何か質問をしていたら彼が、ああ、それなら丸紅へ行きなさい、深須さんを訪ねれば、その人は何でも知っていて、知らない事はないからと言ってました。だから来るかもしれませんよと言うので、嫌だなそんな難しい事を聞かれたらと言うと、何か番手とデニールの事みたいでしたと言ったので、そんな事なら良いけどと返事をしました。K部長は大変な人格者で、後にYC京都本社の店長になり取引先から大人気になりました。

●プリント用のスケッチ（図案）

1枚1万円から数万円するスケッチに関しては、他の問屋は一時に数枚単位しか買いませんが、特に海外、主にフランス、イタリアのスケッチ屋さんが売りに来たときは、YC社は100~200枚買うので頼りにされて、同様の柄は買い占めて他社には売らない事を約束させていました。

そのうちに、海外に出かけて図案屋を回る様になったので、下手な通訳ではありましたが、一緒に出張したお陰で、ヨーロッパの有名なスケッチ工房を色々と勉強する事が出来ました。

ローマで、プリントのスケッチ柄を描いている、コンテッサ（伯爵夫人）のスタジオローマで大量に購入したときに、皆で屋上に用意してあったテーブルに招待されました。夫人はドイツのハンブルグとフランスのパリと、このローマに家を持っていると話してくれて、姪御さんのドイツ人を連れてきて下さいました。大変な美人で、今まで聞いた事がない美しいドイツ語でした。

YC社の部長二人に私とコンテッサ、姪御さんの5人で食事しましたが、大きなステーキをやっと食べ終わると、またそのお代わりをどうぞと言われて閉口しました。

50メートルくらい離れたところに城壁が見えたとき、コンテッサが、深須さんあれは何か分かりますかと言われたので、何処かで見た記憶がありますと言うと、あれがオペラ『トスカ』で二人が飛び降りたサンタン城の上ですと説明されて思い出しました。

コンテッサが私に〝コーヒーを飲んだら直ぐにお皿に伏せて私に見せて下さい〟と言ったので、その通りにすると、これは占いです、あなたは将来二つの会社を持ちますと言われたので不思議に思いましたが、あるいは独立するかもしれないと想像しました。「これが暗示第3号」。

●ＹＣ社の不振とＡ店長について

丁度ＹＣ社の営業成績が伸びない時期で、１００周年記念行事を行わない時があり、丸紅の審査部が私に本社に行って、良く調べる様に言われたので、当時ＹＣ社の主力取引のＦ銀行に寄って聞いたところ、順調とは言わなかったが通常にバックアップすると言われました。それはＹＣマネキンという子会社が、莫大な利益を上げていたのである。この会社もＳ天皇が将来を見込んで立ち上げた会社だと聞きました。

最初はマネキン人形の手が簡単に折れて、上手く行かず業績が伸びなかったのですが、プラスチックが導入されて問題が解決され、大きな仕事になり、本業の繊維が不振のときに、マネキン事業が大いに貢献しました。

デパートの陳列棚は殆どＹＣマネキンが納入していたのは、デパートとしては売り出しに間に合わせる為に他社に任す事は出来ず、ＹＣ社マネキンが頼りにされていたからでした。全てのマネキン人形や陳列棚その他の商品は2年で償却されて、簿価ではただ同然になっていたものが正常価格で取引出来ていたので、面白い様に利益が出たそうでした。

従って、銀行がＹＣ社よりＹＣマネキンには幾らでも融資するといった状態が続いた事がありました。

丸紅の同社に対する売掛金が、常時5億円になり心配はありましたが、必ず正常になると確信して、天皇には何も言いませんでした。後日、深須君は良く辛抱してくれたと感謝されました。然し、丸紅の審査部からは、いつも厳しく言われていました。

●丸紅の審査部

丸紅の審査部のO部長が心配したので、部長と一緒にYC社のY会長に京都本社で面会したが、会長は丸紅役員と雲の上の話ばかりして、部長を煙に巻いて下がって仕舞い、実権を握っていたご子息に社長が代わって仕舞い助かりました。

数日後にY社長と再び面会したときに、私はA氏とは大変に懇意にしていますが、現在の彼は意匠室に左遷されている。本来は彼に実権を任せた方がいいと思うと進言したところ、実は来季から彼に東京の実権を任せる事になっている事を聞いて仕舞いました。

翌朝、東京に帰ってきたら直ぐにA氏から電話が入って、前日の話をされたが、社長は私にどうしても話をしなければならない様に追い込まれて、実情を話して仕舞ったと言いました（追い込むような失礼はしませんでした）。彼は、えらい事を聞いたので早速今夜私と話をしたいと言いました。彼は別のビルで毎日仕事をしていたので社員の行動が分からず、銀座の高級クラブで夜の2時まで話をしました。内容は殆ど社内の人事構想で、彼は私が毎日同社へ通っているので、東京店の内容を良く知っているから是非とも、人事構想に意見を言って欲しいと言われました。

●YC社東京店の新体制

殆ど意見は同じでしたが一人だけ異なった人間が居り、私がI氏を是非仕入れの課長にして欲しいと言ったら、それなら彼の部の不良在庫を直ぐに一掃してくれたら私の意見に従うと言われましたので、必ず彼の骨を拾ってくれる事を約束してくれたら、直ぐにあなたの言う通りにさせてみせると言いました。

翌日、多少吃驚しましたが、その彼は不良在庫を一掃して5億円の損失を出し、直ぐ上司の部長からこっぴどく叱られて仕舞いました。然し、A氏は約束を守ってくれて、彼をその課の課長にしました。結局、A氏がYC社東京店の店長になりました（社長は本社の社長が兼務で、S天皇は専務）。

そのような事になってからは、YC社の社内では私の事を〝深須さんは社外重役だから注意した方が良い〟とKさんが皆に言いふらしていたようでした。私からは何も話していなかったのに、何処からか話が漏れたのかもしれないと思いました。

●YC社がパリコレクションのオールメンバーを日本へ

パリコレクションを帝国ホテルで実現しました。主要な取引先に招待状を出しましたが、出席する人の服装は「ブラックタイ」となっていました。

店長に部長代理以上が出席になっていますが、お宅の人は皆タキシードを持っていますかねと言うと、そうだ、おい皆持っているかと言ったら6名が持っていなかったので、専門メーカーに連れて行ってデパートの値段の60％で購入しました。知らずに平服で黒のネクタイをして出席した人は、後ろの大きな柱の陰でひっそりとしていました。

●ポリエステルニットのプリント

未だ何処も気づいていなかったので、28ゲージの丸編みの生地にプリントをして売り出してみると、評判が良かったです。28ゲージの機械は少なかったので、買い占めてプリントの生産に入って売り出しました。ニットの生地にW

幅（１５０㎝）のプリントをする為に中小プリント工場2社を選定して、加工に入りました。

未だ世に出ていなくて新鮮なので、相当の評判になり飛ぶ様に売れて、月に15万メートル生産したので、中規模の技術の良いプリント工場、ＳＫ染工とＳＭ染工の２工場はフル操業になりました。

ニット工場は機械を増設して増産を始めましたが、初年度はＹＣ社の独り舞台で注文が殺到しました。３年目になると各社が機械を導入したので、競争になりましたが、この２年間でⅠ課長は６億円の利益を出して部長に昇進しました。Ⅰ氏を課長に推薦して良かったと思います。

●丸編のニット生地の生産

米沢の糸商から頼まれて採用したK君に生地の生産を任せていましたが、或る日それをやめる様に指示をしたら、15万メートルを零に出来ませんと口論になったので、この商品は既に限界に来ているからこの辺でやめるのが良いと説明したら、３分の1だけ生産させて下さいと言うので任せましたが、結果はそれが全部残って仕舞いました。

ファションは生き物で、一番売れているときがやめるときである事を彼に理解させました。丸紅も相当額は稼ぎましたが、残った生地は捨て値で処分しました。

K君が未だ綿糸課に在籍しているときに、X氏（私の一つ上で、気が小さいが常に大口を叩く人）が、定期相場で度々損をしていた彼は、個人でX氏と全く反対の事をやっていたら、当時（60年前）の金額で３００万円の儲けが出ました（丸紅の正規社員ではなく、彼は預かり社員なので出来ました）。山形市の父親に相談したら、そんなあぶく銭は直ぐに使って仕舞えと言われたので、友人達を誘って豪遊したそうでした。

●輸出向けのプリント取引

ＹＣ社に輸出部があり、アメリカとオーストラリアに相当なプリントを輸出していました。仕入れ先は○井物産でしたが、Ｆ輸出部長がこれも深須さんにお願いすると言い出したので喜んでＯＫしました。

その分もプリント加工は丸紅になりました。気がついたときは、ＹＣ社に年間50億円を販売していました。これは丸紅内地の売り先でぶっち切りのナンバーワンになっており、販売実績のナンバー2は後述する繊維問屋Ｓ社で、30億円販売しました。結局、1位と2位を私が持っていたので、課の利益の大半は常に稼いでいました。

●○菱商事のＳ部長とＹＣ社

正月の挨拶にＹＣ社を訪ねたときに、同社の首脳陣と○菱商事の取締役と部長と担当者の3人が取引の話をしていたところに私が顔を出すと、店長が「この人この人」と私を指差しました。

後から何の話かを聞いたら、○井物産は大きな取引がオタクと出来ているのに、○菱商事からは何故出来ないのでしょうか?と言われたので、店長がそれは違いますよ、ミスファブリックが毎日来て商売をしていて、○井物産は何も行っていないと説明をしていたところへ、深須さんが来たのだと言っていたところだったという話でした。さあそれからが大変でした。

○菱商事のSさんから是非うちとも取り組んで欲しいと言われました。私としては、まさかライバルの2大商社と取引は出来ないと返事をしました。すると次の日にも電話で頼まれましたが、無理ですと言いました。すると3回目は、大阪に支店を拵えてくれませんか、それならば○井物産とは競合しないのではないですかと言うので、実は京都に支店があり、やはり難しいですと言ったら、やっと諦めたようでした。

後から聞いたら取締役にそれなら自分達でやれと言われ、やむを得ず独立させられたのがMテキスタイルでした。

10年後に、HM社が中国に縫製工場を建設したときに開社式に招待されましたが、そこに○菱商事のSさんも社長になられて招待されていました。深須さん、あのときは苦労しましたと言われたので、却って良かったではないですかと申し上げました。Mテキスタイルは大きな会社になっていました。

●繊維産業の難しさ

入りやすくて難しいのが繊維産業の特徴で、40~50年前はあらゆる産業の中で、景気、天気、と流行の3要素全てに左右されるのは繊維産業のみでした。従って、商社でも大した事のない人間が他の部門に移ると皆成功して出世しました。然し、上司達は成績の悪い人間から出したので、稼ぐ人は残されました。

私は機械的な事が好きでしたが、出してくれません。その後には毎年希望の書類を出すような方策が出来て、今は希望を聞く様になっている様です。

乳酸菌飲料メーカーのY社に売り込みに行ったときに、社長が社員を直ぐ本社に入れると皆が気を抜いて仕舞うので、東北の繊維問屋に3年間入れて教育してから、本社に入れると言われた事が思い出されます。

今は殆どの産業がファションを取り入れる様になりました。60年前に丸紅の部長からI自転車の社長に就任された方は、ファッションを取り入れて早速カラー自転車を制作しました。当時の自転車は黒色ばかりだったので脚光を浴びましたが、数年後に真似をされて各社がカラー車を相当出だす様に変わりました。

●結婚と新婚旅行

池田総理の所得倍増計画で、それまでは低かった商社の給与も、年に30%も上がって来て、給料面でも一流会社になりました。当時、男性は殆どが30歳までに結婚したので自分も考えました。その年は、実直なSH支店長が男性の為に、女子の採用は別嬪さんにする様に言ったから10人とも粒が揃っていました。Kさんは遠い辻堂から毎朝早く出勤して掃除をしていました。

当時、麻雀とダンスが娯楽で流行っていました。或る日、Kさんがダンスを習いたいと私に言って来たので、神田の教室に5~6回通いました。そのときに、ひょっとするとこの人と結婚する事になるかもしれないという考えが脳裏を横切った記憶があります。

数日後、家が辻堂で海の近くなので遊びに来ませんかと言われたので、行きました。お父上は立派な方で大蔵省の課長として素晴らしい業績をあげている人物で、母上は確りしており、長男のT君は勉強家で、次女のRさんは大人しい人だった記憶があります。父上が泊まっていきなさいと言われたので、その通りにしました。後で考えてみると、私を両親に見せたいと考えたのではないかと思いました。

後日、母親から反対と言われましたが、既に銀座の老舗ジュエリー店T社から5万4000円のダイヤモンド（0・34カラット）の結婚指輪を求めて渡してありました。今だと50万円以上するらしいです。

社内では結婚式の数日前まで二人の事は分らなかった様ですが、彼女の友人のYさんだけは海の件以来、彼女とは口も利かなくなった様でした。

Kさんの父上は、丸紅の取締役繊維本部長T氏から送って頂いた手紙に、自分は大蔵次官と同期生でと前置きして、〝深須君は将来を嘱望された人間なので安心して下さい〟と書かれているのを見て納得されました。その手紙を見せて頂きました。

結婚式は明治神宮の明治記念館で行いました。私は英会話の練習でジューンブライドを知っていましたが、当時は夏に切り替わるので会場が空いていて費用も安く済みました。田舎から夏の礼服はないので困ったと言われましたが、会場は冷房が効いているので、会場へ来てから着替えて下さいと言いました。

Kさんの結婚衣装は、Nレースに行ってレースを一反(13・75m)購入し、デザインは意匠室のSさんに頼み、縫製は神田のアパレルに行って縫製して貰いました。全て安く上がりましたが結婚式の費用は全部自分で出しました。保管していた衣装を後年、娘が着てみましたが、おなかが入らないと言われたので、Kさんはかなり細かったのです。

新婚旅行は何処が良いかとKさんに聞くと、海外と言うと思ったら北陸が良いと言ったので、海外はいつでも行けると思い北陸にしました。代々木寮のM君に計画を立てて貰いましたが、やや強行軍でした。旅館やホテルはいつも会社の社内旅行に予約して頂いている旅行社に依頼したら、由緒ある所を予約して頂きました。東海道新幹線が出来る前でした。

●勇往邁進、仕事の日々

結婚後も兎に角、仕事仕事で家庭を顧みる事が少なかったです。今と異なり子供が生まれるから休暇を取るなどは出来なかった時代で、息子が生まれるときは出張中で、娘が生まれて休日に病院に迎えに行ったときには、看護師さんから一番可愛子ちゃんが居なくなるので寂しいと言われました。

その後、仕事から帰って娘が起きているときは可愛いのでいつも抱き上げていましたが、息子がプッとふくれてくるので、これは不味いと思い右手で息子を抱き上げると、ニコッとしたので、その後は必ず二人を一緒に抱く事にしました。そのような思い出はありますが、子供の事はなるべく家内に任せていました。今になって少し後悔しています。

然し、私が父親から受けた事を反面教師として、金銭的には絶対に困らせなかったので、二人の子供はのびのびと育ちました。

●繊維問屋S社との取引

S社はT氏が奥さんと二人で始めた会社で、最初は社名をT染織と称しました。K氏を採用し、規模は小さいが流行の先端を走っていた問屋として取引を始めました。次にN氏を採用し、二人共ファッション感覚がずば抜けていました。順調に業績を伸ばして、業界でもファッション性の高い問屋として、名を馳せる様になり、社長がサキソホーン演奏が得意だったので、その楽器メーカーの名前から採ってS社に変更しました。

●粉飾決算とS社の蹉跌

調子に乗って順調に取引を拡大しましたが、年間売上が21億円になったときに粉飾決算している事が判明しました。丸紅の審査部から5人で2日間精査の結果、実際の売上は19億円でした。12月の暮れになって手形が落とせないと言ってきたので、やむを得ず丸紅が助ける事になって、稟議をする事になって仕舞いました。

稟議書の作成は初めてだったので、大変な事になりましたが何とか出来ました。数十枚の稟議用紙のコピーを40部作成して関係各部に配送して、いよいよ大阪本社の稟議会議になりました。

通常は部長が出て説明するのが当たり前ですが、H支店長が大阪の本部長と仲が悪く、肝心の部長も支店長も出席して貰えず、皆逃げて仕舞ったので、結局私一人で行く事になり、更にI部長は、この件は財産保全になると思うのでその積もりで行けと酷い事を言う始末でした。私としては冗談じゃない、何を馬鹿な事を言っているのだと反論しようと思いましたが黙って出かけました。

理由は、世の中がファッションを重視する様になってきたので、自分としてはこの会社を是非伸ばしたいと考えていたからでした。稟議に課長が出るのは初めてで、楕円形のテーブルにM副社長と当時実権のあったI社長室長（次期社長と言われており各役員も一目置いていたが、後にロッキード事件で有名になって失脚しました）と全繊維関係の役員8名がおり、申請側には繊維のM本部長と私が座って始まりました。

I社長室長が、今日は稟議がこの1件だけなので、じっくりやりましょうと言われて、困ったと思っていたら、稟議が始まると本部長がこれは深須君が詳しいので全部報告しますと言って仕舞いました。さあ大変な事になったなと思ったものの、何とかして成功しようと思い、約2時間話をしました。然し、結論が出ず、MR社と共同でやる条件をつけられ、もう一度行うと言われて別れました。

●2度目の稟議

翌年の1月の7日に急遽、稟議を上げるから来なさいと言われたので出張しました。大阪に行くと、肝心のM本部長が風邪の高熱で来られないという連絡があり、仕方なく私一人で出席しました。I社長室長から、MR社の件はどうなりましたかと聞かれましたが、出来ましたと嘘をついて仕舞いました。

2時間の末に室長が私に、婦人服は難しいね、ところで君はこの件は自信があるかねと聞かれたので、来たなと思い絶対に自信がありますと答えました。すると室長が副社長に、これはやりましょうと言ったので、副社長が私に帰ったら直ぐに手形のリスケをしなさいと言われました。

退出するときに室長がご苦労さんと言われるかと思っていたら、有難うございましたと言われたので、吃驚したが感激もしました。

早速、東京に電話してH支店長に通りましたと言ったところ、ご苦労さんでもなく、ああ、よかったと言われました。何の事はない、支店長はその前日に繊研新聞の記者に、丸紅がバックアップすると言って仕舞っていたので、呆れて仕舞いました。

もし出席が私ではなく支店長か部長で自信の程を聞かれたら、もう一度帰って研究しますと返事をしていた筈で、多分駄目になったと思いますし、支店長は新聞社から苦情を言われて、とんでもない事になっていた筈です。

そればかりではありません。帰京したらM1銀行の次長が私の所に飛び込んで来て、丸紅が保証するという文書を持ってきて、彼が言うには、この中の文書はどんなに変えて貰っても結構ですから印鑑を欲しいと言われたので驚きました。普通は、銀行はそんな事は絶対に言いません。分かった事は、既に銀行が資金をS社に対して、丸紅の話を聞かずに融資していたのでした。

もし丸紅が拒否していたら銀行の支店長はとんでもない事になっていたとも思いました。

●丸紅から審査部で余っていた人員を派遣

S社の社長が私に副社長で来てくれないかなと言ったので、丸紅の方針で決めるので私は来れませんと返事をしました。U氏という定年間近の人間を派遣して監視する事にしました。然し、その彼がやめてから判明しましたが、600万円の使い込みをしていたのでした。本部長に相談したら返しておけと言ったので、返済をしておきました。

●S社との取引拡大と海外出張

K部長を誘って、婦人服メーカーのRI社が企画していた、16名のヨーロッパ旅行に参画させて頂きました。最初はロンドンから始まったのですが、丁度ミニスカートがリージェントストリートから始まったばかりで、その通りをくまなく見て回りました。

ビートルズが小さなパブの様な店を出しているという話を聞いて行くと、数人の店員がゴブラン織りのベストを着ていたのでK部長と話してこれはいけると思い、帰国したら早速作ろうと考えました。

●Tブラウスの T社長の長男

人文学の勉強にパリに留学していたので、旅行に参加されました。日曜日に車を借りてミラノから高速道路のアウトストラーダ（当時日本にはなかったハイウェイ）を初めて体験しました。初めて時速140キロのスピードで走って、コモ湖に行きました。

中腹のレストランでコモ湖を見ながら食事をしたら、日本人なのでワインセラーを見せてくれました。裏山を掘って天然の冷蔵庫になっており、相当数のワインが格納されていました。

次に、ルガーノ湖に行きましたが、素晴らしい景色で皆堪能しました。旅行のメンバーには果物専門店ＳＴ社の副社長や、銀座の一流店の社長など色々な人がいて面白かったです。

ミラノの街では皆がファッションの写真を撮りまくっていました。私も義父から紹介された横浜の写真機店で撮影機を買って持って行ったので、かなり撮影してきました。

初めて見たヨーロッパのファッションは目新しく、特に次々に見たオートクチュールショーは素晴らしかったです。ただ、その洋服は価格が一着８００～１０００ドル、即ち当時の為替で30万円だったので、つくづく貨幣価値の違いを痛感させられた時代でした。

購入するのは地元の富豪とアメリカでした。パリで気がついた事は、トリコロール即ちフランス国旗のカラーが洋服に出始めていた、ヨーロッパの気候は寒いので、皮革がかなり使用されていました。これは日本へ帰ったら、活用したいと思いました。特に思ったのは、合成皮革でファションのリード役を創造する事でした。

●ルーブル美術館

ルーブル美術館近くのホテルルーブルに1週間泊まったので、かなり広い美術館には3回入りました。今と違って大変にすいていて、じっくり鑑賞が出来ました。日曜日は無料でした。

●出張報告書を書き上げる

3週間、毎日夜遅くまで良く駆け巡ったので、その疲労回復の為に帰国後10時間と、更に16時間眠り続けたら、すっきりして報告書を一気に書きあげました。

報告書を各方面に送ったら月刊社誌丸紅にサマリー（1万部）が掲載されて、内地部門からも海外旅行が必要という事が理解りました。すると支店長が目覚めてボーナスの様な形で各課の課長を旅行させました。然し私だけは別格で必要なときはいつでも出張出来る様になりました。

帰国して直ぐ大阪に出張したら問屋のOK社のM部長が夕食をご馳走してくれました。ヨーロッパ旅行で何かお土産はないかと言うので、色彩としてトリコロールが出だしていると話をしたら、翌日早速プリント服地に赤、白、青の3色を使ったらヒットして喜ばれましたが、他の問屋も直ぐに真似を始めて、間もなく売れ行きが止まって仕舞いました。当時、大阪の業者は東京の動きを常に見て、生産して東京に売りに来ていたのでした。

●北戴河《ほくたいが》でシルクの交易会

遼東半島にある北戴河《ほくたいが》はドイツが拵えた避暑地です。S社のN部長と出張しました。戸建てが海岸の松の中に沢山あってその中の一つに宿泊させられましたが、シャワーのお湯は出ないし不便な所でした。

北京から軟座車に乗って行きました。

隣に共産党員が居ましたが、4時間びくともしません。自分の子供が動くと直ぐに止めました（党員は年に一度高級旅行が出来るそうでした)。

古いバスで会場まで行くのですが、至る所に銃を持った紅衛兵が立っていて、信号が赤だと直ぐに青に変えてくれました。

商談は5時になると、今日はこれまで、続きは明日にしますとなって、甚だ効率の悪いのは共産主義の典型でした。全ての態度が売ってやるという感覚でした。シルクプリントを数千メータ契約しました。

夜は結構な食事で美味しかったですが、終わると担当者が一般家庭では食べられない為一生懸命に残った食事を袋に詰めているのが衝立の隙間から見えました。

●万里の長城

担当者が万里の長城の海から2番目の関が修復出来て、日本人は未だ誰も行ってないので行きましょうと言われてバスに乗りました。道路はでこぼこで、途中小川を横切ったのは珍しかったです。

道路の舗装は人海戦術で、板で囲いを作りコンクリートを流し込んでから皆が手で板を持って平らに伸ばしていました。それで、でこぼこ道になっているのが判明しました。第2の関に登ると、万里の長城が延々と続いているのが良く見えて素晴らしい景色でした。

●S社とインド旅行

京都支店のF部長の希望で、インドのハンドブロックプリントを買いに出かけました。同期生でボンベイ支店のOK君に電話をすると、俺は13年もここに居るから是非来て欲しいと言われました。

彼の案内で大手産元へ行ったら、工場へ行こうという事で、ボンベイから地方の機業地へ向かいました。30㎝×20㎝の木版を使って子供が土間に座って柄を一つ一つ印捺して大変に手間が掛かっていましたが、それでも機械捺染より工賃が安いというので吃驚しました。町はハエがぶんぶん飛んでいて、顔に当たるので閉口しました。

YC社が輸入したブロックプリントの間に、サソリが干からびて入っていたのが、日本の百貨店の売り場で発見されて問題になりましたが、プリントをした生地を砂や土の上で天日乾燥するので、そんな事が起こるそうでした。

織物工場を見たいと言うと、男性が見るので女工さんを全員退去させますと言ってから中へ入れてくれました。織機の手前に足を入れる穴を掘って、それを椅子代わりにしていました。これが一番涼しいそうです。

取り敢えず3000mの注文をしたら、町中の人が集合していて、何か飲み物をと言われました。断ると失礼だと言われて、コーラはありますかと聞くと、あると言うので、こんなところまで進出しているとはと驚きました。コップをくれたので返して栓を抜き、ハンカチで縁を拭いて飲みました。一人の白人が同じ事をしていましたが、F部長は飲みませんでした。皆が集まった理由は、3000mがこの町の1か月の生産量で、それを買ってくれたお客様の為でした。

●タージ・マハル

支店長が名所のタージ・マハルを見てくると良いよと言ったので、電車の切符を頼んだら取れず、タクシーを頼みました。小さな車でしかも道がでこぼこで、大変な目にあいましたが、運転手はターバンを巻いた大変な紳士で良かったです。

目的地に着くと、T氏という人を紹介されて案内して貰いました。タージ・マハルはさすがに巨大な建造物でした。T氏が遠くから、あの壁の何段に手が届くかと言うので、F部長は4～5段と言い、私は精々2段と言いました。建物に到着して、手を当てるとぴったり2段に手が届きました。靴の上に汚い布製のカバーを履かされて、中に入ると子供を19人も生んだ王妃の廟で、立派な石棺は壁にルビーやサファイアが、沢山埋め込まれていました。

道で伝染病患者が寄ってきて、F部長が怖い怖いと言ったので、私が壁になってあげるから心配しないで、私の右側を歩きなさいと言いました。体ががっちりしているくせに臆病でした。その為に食事を殆ど食べないので痩せてきました。

離れて遠くから屋根の上の塔が何メートルか聞かれたので、10メートルと言ったら、あなたは建築家ですか？と言われました。大抵の人は3メートルくらいと言うそうでした。

支店長車でボンベイの街を案内して貰いましたが、暑いので何処か涼しいところがないかと言ったら、支店長の家が一番涼しいと言われました。我慢してハンギングパークへ行くと、柘植（つげ）の木が色々な動物の形に剪定されていました。

●O支店長の社宅で晩餐会

刺身を始め、久し振りの日本食のご馳走で満腹になりました。支店の社員の奥方達全員がお手伝いに来ましたが、これは通例だそうでした。現地人のサーバントは４人で、料理人、客に運ぶ人、子供の面倒を見る人、掃除をする人に分かれていて、４人ともサーバントコーナー部屋で生活しているそうです。最低４人は雇わないと市役所からクレームが来るそうでした。生ものだけは日本の奥さんがするそうですが、ある社員が内緒で、深須さん、ここでは生ものもサーバントにやらせているようですと言われました。でも、抗生物質を飲んで、F部長にも飲ませたので問題はなくて済みました。

●タイ国へ

インドの帰りにバンコクへ寄りました。街中で急にスコールが来て、慌ててレストランへ飛び込んだら、見る見るうちに道路が川に変わり、食事が終わると晴天が戻って元の乾いた道路が現れました。最近の日本も良く似た天気になるので、地球温暖化のせいかもしれません。不衛生だったインドから脱出してほっと一息ついて楽になりました。

●日本橋支店の中に意匠室の別会社を設立

大阪本社のプリント事業部が不振で、それに付随していた意匠部20数名の経費が出せず廃止になりました。そして、東京も廃止せよと大阪本部からとんでもない事を言ってきました。冗談ではありません。大阪はお荷物になっているとしても、東京はファッションをリードしているので廃止は出来ません。

そこで考えた事は、東京の10名（丹下健三氏の師匠H氏の長女Mさん、文化服装学院の優等生Kさん等）と意匠室の皆を集めて相談しました。各人を他の事業課に配分させるか、または別会社として独立するかと言ったら、全員が丸紅でなくとも良いから今の仕事を続けたいと言いました。一計を案じ、社長は社規で出来ないので、親しくしている浜松のSZ社のS社長に依頼して、社員の給料は各人に振り込みをして貰う事にして、S社長には月給10万円で引き受けて貰いました。

名称は誰も言わないので、ドイツの名車を参考にしてK社に決めました。K社社員の給料その他の経費数百万円を、意匠研究費として私の課からSZ社に送金する事で了解を取りました。H課長が、深須君、Kさんを毎年海外に出張させているが、費用が勿体ない、一度行けば良いではないかと言ったので、仕事があるから行かせるのですと言いました。

毎年変化する事を何も知らない人は思考がそんなものです。間もなくソフトウェアが金になる時代がやってくると思っていました。IC商事が暫くして繊維でソフトウェアの会社を立ち上げたのは立派でした。

●婦人服地専門のMN社

この機屋さんは前述した埼玉県の飯能市で唯一残った機業会社で、N社長には跡取りがなく、S君を婿養子にして実際の工場を全て任せていました。

或る工場の中に、工作機械を入れて新しい設備を拵えていました。外国の織機メーカーがここを探して、この会社こそドイツのD社の織機を使っている事を発見しました。

結婚して二人の男の子が出来、煩いので神棚を拵えて拝ませたらおとなしくなったそうです。研究熱心な人で、6000坪の敷地の中にある工場ですと言われ、新鋭機を200台導入されました。そのときにNさん（旧姓Sさん）が私に、何でも良いから慣らし運転の為に数十万メートルの注文をして欲しいと言われたので、綿糸30番手でインチ間に経（たて）80本、緯（よこ）70本の生地を30万メートル注文しました。この規格はかなり織機に負担をかける織物になるので、市場では少ないです。これはYC社向けプリントの生地にする予定でした。

N社長から電話があり、工場がうなっていると言ってこられました。この生地は目が細かくて、YC社の選択した柄もプリントが綺麗に乗り評判が良く、瞬く間に完売しました。

●マトラッセと生地問屋で初めて製品を展示する

マトラッセと命名した特殊ピケの生地は、スペインが良いものを拵えて輸出してきた綺麗な織物で、生地の表面がち密で技術の高い織機で織るものです。

ジャカード織機では生地が緩んで締まらないのですが、ドビー織機だと生地が締まって綺麗な表面になります。これを生産してマトラッセと称して、7～8柄の生地を作り綺麗な染色をして、意匠室のデザイナーSさん（後に結婚してKさん）に洋服を作らせて、これもファション性の高いものを得意としているS社の展示会市場に出したところ大成功で、数年間は独壇場になり、繊維問屋S社発展の原動力になりました。

Kさんは自分では黙っていましたが、文化服装学院でめったに取れない〝装苑賞〟を受けていた人で、TDK他有名なデザイナーの友人でした。このマトラッセの服地を使用してK社で製品を作成して、S社で初めて展示会を行ったところ、今までは来なかった大手アパレルのR社やO社が来る様になり、S社の存在が顕著になりました。32枚ドビーは日本にここしかないので、数年は継続して販売出来ました。日本は直ぐに真似をする問屋が多いのですが、これは真似出来なかったので、S社の独壇場となり数年継続して売れました（32枚ドビーは世界にこの工場しかなくN社長が技術屋で16枚を2段に重ねたもの）。

●ゴブラン織りも製品見本を作成

ビートルズのパブで見たゴブラン織りを早速生産しようと思い、各産地に問い合わせましたが、何処も難しいと言われました。

最後に岐阜のNS株式会社に行くと、社長が、深須さん、私が当時の丸紅のI社長が部長のときに取引をしていたが、そのときに作ったゴブラン織りの見本が未だ保管してあると言って、屋根裏の部屋に上がって蜘蛛の巣の糸に絡まった見本を出して下さいました。

もしこれがなかったらジャカードの組織が分からず、生産が出来なかったので大変助かりました。社長が岐阜の西の方にジャカードの生産地があると言うので、早速見本を持ち込んで生産を依頼したところ、これはジャカードの装置をつくり変えなければ出来ませんと言われたので、いくら掛かるかと聞くと織機1台に13万円でその注文の規模だと20台必要と言われました。そこで私が「それを負担するから直ぐに設備をして下さい」と言って、３柄で３００反

（1万5000m）を、綿糸を使って織って下さいと言って注文して帰りました（ジャカード織機の吊り替えは現在50万円します）。

出来上がったものを受け取り、K社の意匠室で製品のデザインをして、約10点の服を拵えて、S社の服地展示会にかけたところ、当時生地問屋で製品見本を展示する問屋は皆無でもあり、これが大ヒットして追加が重なり大きな利益が出ました。

ゴブラン織りを婦人服地にしたのは日本で私が最初でした。当時はまねをする問屋が多く、ウールで織物を拵えて売りだした問屋が数軒ありましたが、殆ど売れなかった様でした。2年間継続しましたが、流行が終わり、N商店はその後に糸をスフ糸に変更して、アメリカに天井のシャンデリアの下敷き用に輸出が出来て、かなりの利益を上げたと言って喜んでいました。事務所の天井に張ってありましたが、なかなか素敵でした。

●MN社とドローイングマシン

織機は通常16枚ドビーが最大枚数ですが、婦人服地専門のMN社は32枚ドビー織機を自分で改造したので、ジャカード織機で織る様なある程度複雑な柄まで出来ました。縦糸を引き込むのに通常は2人が手で行いますが、32枚となると一つ間違えたら、そこからやり直しをせねばならず大変に神経を使う仕事になります。極めて精巧な機械で、まさか32枚ドビー用を導入するとは先方の機械メーカーも思っていなかったので、それに対応する為に、スイスの技師が数か月日本に滞在したそうです。

T紡績が第一号機を導入しましたが、通常の組織用です（世界中に数台あるだけ）。

1日掛かる仕事を30分でこなすので、私は他の機屋から引き込み作業の注文が来て、余分にペイする様になるとも思いましたが、実際には全部自社の仕事に使用しています。

機械に座ってみましたが、1メートル以上の長い針が目に見えぬ速さで飛んできて、2メートル先のヘルド（そうこう）の小さな穴に入って経糸を引き出して戻ってくる極めて精巧な機械です。うっかり手を出すと、ぴたっと機械が止まり、数十秒後に再び動き出すのは驚きでした。機械を固定してある大きなねじに赤い縁が弾いてあって、これを数ミリでも動かすと機械の保証は出来ませんと言われたそうでした。スイスの技術は凄いと感じました。

先代の社長が私に向かって、百姓が名馬を買って困っていると言われたが、そんな事はありません。養子のN社長はりっぱに乗りこなしていました。

その後もジャカード織機を導入されて、衣料品以外の分野にも進出して、現状では内容は世界一の機屋さんに成長されたと思っております。

僭越で申し訳ないですが、N社長（旧姓S氏）は私と考え方や行動に似通っているところがかなりある様な気がしています。

●繊維問屋S社の発展

業界がファッションを重視する様になり、ファッション全盛時代になったので、その後のS社は順調に次第に力をつけてきて、堀留からはかなり離れていましたが、相当広い土地に3階建ての立派なビルを建築しました。順調に業績を伸ばして、大手のアパレルメーカー各社が揃って買いに来る様になって、展示会を自社ビルで出来る様になり、それを機に飛躍して、しばらくの間我が世の春を謳歌していました。T社長は演説が極めて上手で業界から認められていたので、あらゆる機会に代表で話をしていました。

●クリスマスパーティー

S社の発展で毎年豪勢なパーティーを行って300名のファッション業界の人達が集まりました。ブラックタイ方式の為、男性はタキシードですが、女性はそれぞれイブニングドレスを競いあっていました。最初はホテルオークラの会場を借りましたが、やや遠いが新しいビルが出来たのでそこで行う様になりました。

歌謡コンクールが毎年あり、合繊メーカーTR社の副社長M氏のベサメ・ムーチョは素晴らしい出来でした。会場の中で〝あれはプロじゃないの〟という声が聞こえました。

●N商店のN専務の依頼

次男のN専務とは公私ともに大変に親しく取引とお付き合いをさせて頂きました。

アンティークのデスクが欲しいというので、二人でオーストリアに出かけました。色々なものが大きな倉庫に一杯に綺麗に並べてありましたが、コンテナで300万円出してくれないと壊れて仕舞う、即ち色々なものをデスクの中に一杯に詰めて送らないと壊れて仕舞い、単独でデスクだけを送るわけには行かないという事なので諦めました。

社長の友人の様な社員がウィーンの森と宮殿を案内してくれました。宮殿はドイツ語の案内で仕方なく彼に英語に訳して頂き、それを私が日本語に再訳してN専務に話しました。

●浜松のSZ社との取り組み

社長は戦前の丸紅社員で戦後に会社を立ち上げた人で、浜松の織物の産元で成績を挙げている会社です。私より一回り先輩の中年で、私の事を大変に可愛がって頂きました。私に時々独立を促してくれました。人間は独立する前には、背中に一万円札を一枚ずつ貼って貰える様になり、それが背中一杯になった時がチャンスで、深須さんは今が潮時ですと言われました。

家内が悩んでいたときには、K先生を紹介して頂き解決しました。

この先生は、浜松の中堅染工場の社長が首吊り自殺を図って問題になったときに、奥さんを連れて先生を訪ね工場の配置を変えて入り口を変更させました。すると次の月から社長は健康になり、業績がぐんぐんと上がってきました。

また、健康に関しても脈診法を紹介して頂いて、色々と助けて頂いた恩人です。後述の通り、脈診法の先生の所に連れて行って下さり、見事に良くなりました。

子供さんは一人娘で、後を継いで立派に会社を盛り立てています。

ただ一つの悩みは、お亡くなりになるまでお婿さんが見つからなかった事です。盛んに悔やんでおられました。

お嬢さんの就職のときはS社の社長に私が強引に行いましたが、入社してからは立派に活躍されて、それが会社を継いでから大変に役に立っております。

●K化学（現在のA社）と合成皮革

S社が服地におけるファッションリーダーになったもう一つの理由がありました。それはヨーロッパで見た皮革製品を、日本で実現させようと考えて、それを従来は鞄や財布などに使われていた合皮で行った事です。K化学工業に行って話をしたら、喜んで見本を出してくれました。これも洋服を拵えて展示会に出したら、アパレル業者で物凄い評判になり、大量の注文が来たので、K化学は吃驚しました。従来の用途では数量が限られていましたが、洋服にすると使用量がはるかに多くなったからです。この商品の利益は莫大でした。合成皮革を日本で服地にしたのは私が最初です。発売したところ、大手アパレルから大量に注文が入って、S社は莫大な利益を得ました。勿論、丸紅も儲けました。

遊びで蛇柄を作って見せたところ、これもかなりの注文が来ました。然し、心配になって、講義をした文化服装学院へ行って、1000人のアンケートを取ったところ、この柄に興味があるのは全体の僅か5%だったので、S社から追加注文が来たときにやめなさいと言いましたが、言う事を聞きませんでした。仕方なく生産はするが絶対にキャンセルは受けないと言っておきました。

案の定全く売れなくなって仕舞い、結局S社は5年間ぐらい持っていて、あちこち売り歩きましたが、最後は喫茶店の景品のマッチ箱の材料に売ったそうでした。この合皮の成功を見て、他の合皮メーカーも作りだしたので自然に下火になりました。ところがK化学では、その基布を大量に買い込んで仕舞いました。売れなくなって相談を受けましたが、ファッション業界とはこのようなもので、長くは継続しないと説明をしました。

後日談になりますが、20年後㈱ミスファブリックになって、用があってA社（旧K化学）を訪問したとき、昔のデリバリー担当者が営業部長になっていて、何を言うかと思ったら、深須さんあのときの基布が今年まで残っていて、丁度なくなったところですと話してくれました。メーカーでは随分気長に持っているものだと呆れて仕舞いました。

●文化服装学院で講演

合成皮革がファッションになり、文化学園でも皆が興味を示していました。夏の学校が休みを利用して、『衣生活』と言う衣料雑誌が短期大学の先生を集めて、毎年色々な講義を行っていましたが、そこへ引っ張り出されました。大学の先生の講義は聞いた事はありましたが、逆に先生に講義をした事はなかったので、K化学の部長に頼んだら引き受けてくれず、仕方なく自分がやる事になりました。大きな階段式の講堂に入って吃驚しました。

初めはK副学院長が接着芯地の話をし、次は丸紅の深須で最後はN紡績の専務取締役の工学博士（名前は忘れた）が洗濯機について講義しました。芯地のときは生徒は70％でしたが、私の講義になったら満席になりました。皆が「深須」を何と読むのかと噂をしていたので、「みす」と読みますが、〝れっきとした男性です〟と言ったら全員がわあーと言ったので、話がしやすくなりました。

時代は合皮が話題になっていたのと、丁度ヨーロッパ旅行から帰ったばかりだったので皆が興味を示してくれました。最後に質問をと言ったら、その商品は何々の薬品に対してはどのような反応をしますかと、アカデミックな質問をされましたが、幸いにK化学の部長からレクチャーを受けていたので助かった。

次の工学博士の洗濯機の話になったら、聴衆が半分になって仕舞い、更に途中でも抜ける人が居たので、工学博士が怒って私の話は面白くないですか、やめましょうかと言い出しました。場が白けました。何とか最後まで聞いていましたが本当に面白くなかった。

●丸紅の作業衣料部隊

婦人衣料部の中で、理美容の意匠と作業服を取り扱っていた人間が数人居ました。それだけでは課の単位にはならないので、あちこちの課に入れられて当時は苦労していたが、各課長から嫌われて結局私の課に併合されました。

M君がこぼしていたので、うちに来たらたとえ作業服や美容院の意匠でも、ファッションを取り入れる様になる、と言って販売先を一緒に回って話をしたところ、それは面白いと言って下さいました。1～2年経って美容院も散髪屋の作業衣も、皆がファッションを取り入れる様になり、彼らの成績も上昇してきて喜びました。

彼は酒が好きで、飲み屋でN自動車のテストドライバーN氏と親しくなり、N自動車が売り出しをするときの景品を受注する様になりました。繊維以外のものもありましたが取り扱わせました。

M君に私が大手アパレルO社の特殊部の取締役を良く知っていると言ったら、是非紹介して欲しいと言ったので理由を聞くと、彼の手帳には極秘人物の名前が揃っていると言いました。或る大手銀行の次長は絶対に部長にはならないそうでした。それは銀行の制服は年間に5〜10億円になり、その決定権を次長が持っており、袖の下で自分の給料より収入がはるかに多いからだそうでした。

M君がT自動車から買った中古品の車にN自動車のテストドライバーを乗せたときに、この車の能力一杯を引き出してやると言われて運転させたら、浅草橋から御殿場まで1時間で走って仕舞いました。追い越し車線を走っている車が退かないとバンパーでその車を軽くどんどんと突くので吃驚して彼の手は汗でびっしょりになったそうでした。

彼は私が独立してから、東京本社に転勤させられて副本部長まで出世しました。彼は話をするのは上手だが手紙を書かせたら全くダメで書き出しても、手が汗でびっしょりになって、出来ないそうでした。従って年賀状も何も全て奥さんが書くそうでした。

●理美容衣服メーカーH社

社長からゴルフに誘われましたが、社長は商社の部課長となら、にぎりは1打について1000円以下はありませんねと言うので、わたしはオフィシャルハンディでよろしいですかと聞くと、勿論OKですと言われました。

私のハンディは18でしたが彼は14でした。ハーフが終わったときに私が4万円も勝っていたので、深須さん後場は

2倍ねと言って始めたらまた勝って仕舞って、結局5万数千円も勝ちました。私が賭けはなかった事にしましょうと言ったら、何を言うのですか賭けたからには支払いますと言われました。

翌日、M君に話すと、言っておけば良かった、社長は必ず握ってくるので僕はいつも断っていると言われました。5～6年後に合繊メーカーTR社の社長交代のパーティー会場で出会って、深須さんあのときは参りましたと言われました。

●繊維部門の最高責任者守弘副社長に論文提出

貿易部と国内部門を別にしていると、社内での取引が余分になり、他の商社に勝てないので誰も言わなかったが、思い切って論文を提出したら、読んでくれて赤ペンで「理論と実際の差」と書いてありましたが、8年後に実行されました。輸入業務も自分の課で行う事になり、輸入部から担当者のNO君を引き寄せて、社内取引をなくしました。

丸紅で英語が一番上手と言われていたA氏が、部長で赴任して来たときに大阪の会議で副社長に私の事を話したら〝YC社の深須か〟と言われたそうでした。YC社が繊維部で、ナンバーワンの取引先になっていたからだと思いました。

●MC社との取引

昔YC社に居た人が設立した会社で、業界でもかなりの地位を築いていました。YC社が綿ブロードのプリントで儲けていると聞き、A社長がうちも扱いたいと言うので取引を開始しました。外部から契約したデザイナーが「パピエパン」（壁紙の意味）というネームを付けて売り出したら、結構売れて数年は主力商品になりました。昭和7年生まれの申年で気が合ったのかもしれません。

●U繊維

K繊維は綿織物のジャカードで日本最大のメーカーで、そこのU専務（彼はポリエステル部門の責任者）と仲良くなり、ドイツのインターストッフ（世界最大の繊維展示会）ではホテルが取れず困っていました。彼がドイツで、日本人で小さなホテルを経営している奥さんと知り合い、毎年予約していた所へ潜り込ませて頂き助かりました。

彼が独立してU繊維を設立してからは、得意先として大変にお世話になりました。ポリエステルのジョーゼットを大量に買って頂いた。彼はアパレルを対象にした取引に専念し、10年後には50億円の売上になり、シフォンジョーゼットの染め上げ品の在庫では、世界一になったと豪語していました。

コロナ騒動で一時ダウンしましたが、扱う商品も多岐に渡り、円安で輸出も発展して今年8月の決算で78億円に達して、１００億円を目指しています。

能登半島に自社工場を持ち、ジョーゼットの生地を生産しています。更に、日本中のメーカーからありとあらゆる商品を仕入れて販売をし、大阪の繊維問屋I社の本社ビルを買い取って、ますます発展しており、１００億円も見えてきました。

日本のポリエステルジョーゼットは「ジャパンシルク」の名称で、ヨーロッパを始め世界中で有名になっています。

●合織メーカーとの取引

丸紅時代、MR社の一つの部隊が、取引先の中で私の東京婦人服地課がナンバーワンになったそうです。商品の中でポリエステル繊維のシフォンジョーゼット#7572に特徴があって、繊維問屋S社を通してアパレル業者に大変に人気があったので、追加注文で長期間継続した商品になりました。売れすぎて一時品切れになって他のメーカーT社の、同規格のシフォンを渡すとこれは全然違うと言われてアパレルからキャンセルされて仕舞いました。

化学大手TR社との取引は、丸紅時代にはあまり活発ではなかったが、ミスファブリックとして独立してからは、この会社が中心になりましたので後述します。

●ポリエステルの売れ行きがストップした年

僅か1年強であったが天然繊維がファッションの主力となり、ポリエステルが売れなくなった時がありました。合繊各社の展示会がガラガラで、手の打ちようがなく、8社の会合で減産する事を決めましたが、TR社だけはそれに乗らず生産を継続しました。

そのTR社も、朝シャッターを開けると計算上は一日4億円の損失が出ると言っておりましたが、ファッションが天然繊維時代に変わったときは一年程で直ぐに元に戻りました。

●末席の常務から社長に

M氏はTR社末席の生産関係の常務から社長になった人で、一般の取引先とは縁がなかったので、ホテルの会場で社長の就任パーティーが行われました。○井物産、○菱商事、IC商事は社長以下役員達が見えましたが、丸紅は一人の課長が来ただけでした。名刺の交換で私の字を見て、社長がこれは由緒ある苗字だなと言われました。TR社の決断は正解で、僅か1年半程度でポリエステルは復活しました。ありとあらゆる種類の形状の糸を研究し続け、限りなくシルクに近づけた結果、ジャパンシルクと言われる様になりました。洗える着物がその代表です。

或るときM専務がシルクの軋みがあると言って見本を見せてくれました。かなりシルクに近い商品でしたが、これはシルクとは違うと言ったら、そうかなと言ったので、私は子供の時シルクの布団以外に寝た事はなかったから、シルクの感触は直ぐに分かる、と言いました。それは贅沢ではなく家が機屋をやっていて、残糸で布団皮を作っていたからで、母親は綿糸が欲しいと何時も話していました。何故なら子供は寝ても暴れるので、直ぐに破れたからです。

●TR社のM専務の話

専務は部長時代から親しくして頂きましたが、英会話が堪能でした。M氏が社長に付き添ってアメリカに出張したときの話です。アメリカに航空機素材を売り込みに行ったときでした。〝お前金を持っているか？〟と聞かれたので、いくらぐらいですかと聞き返すと50億円と言われたので、〝社長私はただのサラリーマンですよ〟と言うと、そうだったなと言われたそうです。

●TR社の洗える着物の話

女優のKTさんを宣伝につかって、洗える着物を売り出した話をM専務から聞きました。京都の着物業者に〝今日はTR社がご馳走する〟と言うと、〝京都に来てそんな事を言いなさんな、我々がご馳走します〟と言われて了解しましたと返事をすると、TR社のM会長始め首脳陣が招待を受けたそうですが、一流のお茶屋に芸者衆を集めて、大宴会になりM氏は吃驚したと言っていました。これで着物は高くなると思ったそうです。

別の日ですが、KTさんが、益崎氏に、おっぱいを見せましょうかと言って、めくりあげたそうです。ぺちゃんこで干しブドウが二つ付いていたそうです。彼女は親しくなった人におっぱいを見せて相手を驚かせる事を楽しみにしていたのです。

●取締役N新支店長の赴任と深須神話

課長になってからも毎期、予算の利益を上乗せさせられたが、それに従って実績を積み重ねた。その原因は前述の私が開拓した、YCが丸紅国内で最大の取引先になり、更に繊維問屋S社が2番目の得意先になった為に成功したのです。年間YC社に50億円、S社に30億円取引をしたが、これは私の課以外例がありませんでした。

暫くして大阪本部から、今度は取締役のM氏が支店長として赴任してきました。その年の3月に支店長に呼び出されて行くと、君に対する評価は今まで何故低かったのか、然し大阪本社では君の事を「深須神話」と言っていると言われました。多分、加工織物部に異動してからは上司と意見が合わず、常に人のやらない事を心掛けて新しい事を実行して、繊維部の中で常に最高の成績を上げ続けたからでしょう。

常に業績はトップを走っていたから、大阪の人達は数字を見ていて私の事を不思議に思っていたのでしょう。M支店長から急に〝来季から君に部を任せるから人事構想を立てなさい〟と言われました。驚きましたが流石に新支店長は良く見ておられたと思いました。

●婦人服地課を分割

毎期私の課がトップを継続していましたが、婦人服地課が既に25人になっていて、次に任せるには辛いだろうと思い、二つに分割する事にしました。NZ君を1課の課長にして、YC社を中心にして活動させ、T君を2課の課長にしてS社を中心にして運営させる事にしました。

T君本人は未だ早いと言ったから、今課長にならないと大阪から誰かが課長で来て仕舞い、当分なれないから頑張りなさいと言って就任させたら、同期生から一番早く課長になったと言われたそうでした。

●旅行社からの話

海外旅行が盛んになり、各旅行社は人集めに苦労し始めたときに、子会社のF旅行社が来て、〝人を16名集めて貰えませんか？〟と言うので、私の分の費用は無償にしてくれるか？　と言うと、勿論そうしますと返事をされたので、集める事にすると、丸紅の深須さんがリーダーなら行くという人が20名直ぐに集まりました。
行こうと思ったが、部を見なければならないと思い、T君にS社と一緒に行ってきなさいと言って権利を渡しました。彼も初めてなので喜んで出かけてかなりの収穫があったと報告がありました。

●出向先の人事と成績査定

今までの部長代理の先輩が出向先から猫なで声で、深須さん宜しくと電話をしてきました。彼らの人事査定を全部私がする様になっているので、仕方がないと感じました。

或る日、Nさんという方から電話ですと女性社員が言ったので、どちらのNさんですかと聞くと、〃わしじゃがな〃と言われて元取締繊維本部長と分かりました。ご用は何ですか?と尋ねると、今回わしは新しい機械で全て操作する倉庫会社の社長をやっているので、何か入れる商品はないかなと言われたので、今製品は扱いがなく生地は先輩の指示通り在庫は持たない様にしています。と返事をしたら、それが一番と言われて、話は終わりました。

●T大学卒のNG君とW大学出のNZ君

NG氏（彼は典型的な秀才）が小さな布切れを持ってきて、生地の糸量を計算してくれませんかと言ったので、貴方はT大学卒でしょうと言おうと思いましたが、大変な紳士でもある沽券に関わると思い止まって計算して差し上げました（使用番手がわかっていれば良いが、番手を鑑定するのに時間がかかりました）。

ＮＺ君が、取引先の担当者がアメリカに出張するのでニューヨークに紹介状を出すとき、支店からテレックスでInterpreterが必要ですか? と聞かれたそうですが、私にこれは何ですかと聞いてきました。しかも最初は、日本語でインタープリターと言ったので、その発音ではアメリカ人には通じませんよ、第2シラブルにアクセントを付けなさい、と言うとそうですかと言ったので、君はW大学出身でしょうと言う積もりだったのですがやめ、それは通訳という意味ですよと言うと、彼はああそれで必要かどうかと聞いてきたのかと言いました。

彼らはいったい何を勉強してきたのだろうかと思いましたが、そうだ大学は入学試験は難しいが、入ったら友達を作る遊びの場所と皆が言っていたのを思い出しました。

3．ミスファブリック時代（後編）

●㈱ミスファブリックの設立

会社の設立は商業学校で知識はありましたが、時間があったので会社設立の本を2冊買って読みました。資本金が当時は最低1000万円で、発起人も7名が必要なので取引先や友人で揃えました。

資本金は自分が60％、取引先や友人に頼んで揃えて準備が終わったら、浜松の最大手D染工㈱のT専務から電話があり、何処かから聞きつけて、うちも50万円出資したいので宜しくと言われました。大変有難いので、仕方なく資本金を1500万円に増やして設立をやり直しました。

先ず、定款をつくりました。今では通りませんが当時は出来たので、繊維産業が出来るあらゆる事を盛り込んだ文章を作成して東京駅前の司法書士事務所に行って依頼したら、一部を訂正して貰ってOKが出ました。費用は定款に貼り付ける印紙代15万円が必要でした。これ以外の費用は全くありませんでした。東京中央区役所に通って話をすると、当時はつれない返事でしたが何とか通しました（最近の区役所は〝いらっしゃいませ〟で始まる様になっているので変われば変わったものです）。

●事務所の決定

さて、事務所を何処にしようかと、ＹＣ社に向かう道を歩いていたら、タオル屋のＫ君（少し前まで丸紅在籍）とすれ違い、深須さん何処へ行くのですかと言ったので、事務所を探しているところだと言うと、丁度直ぐそこにうちの持っているビルの２階が空いているので是非見て欲しいと言われました。

一緒に見に行くと、10坪と狭いが取り敢えず契約をしました。デスクを４台、他の備品類は家具メーカーＯ社の特別販売指定店のＮ氏から揃えて購入し、以後全て彼から購入しました。彼は力があるので聞くと体操選手でした。

●○井物産に言われた最初の事

まずＦＡＸを入れて下さいでした。早速前年に機械メーカーＦＺ社に入社した家内の弟のＴ君に電話して導入したら、正価の60％で入れてくれましたが、当時ＦＡＸが入っていた会社は未だ殆どなく、○井物産との連絡だけに使用する事になりました。決算期を○井物産と重ならない様に意識して10月にしました。

●銀行取引

殆どの銀行が堀留の近所に支店を構えていましたが、一番近いＭ１銀行に行ったら向こうから先に次長が飛んできて、取引の一番多いＳ社の社長から聞いたと言って、是非うちを主力にと言われました。

●対丸紅の意地悪対策

私が独立する2年前に、U君が独立してから丸紅へ来たときにH支店長が、あいつは何だ、会社には入れるなと皆に聞こえるような声で怒鳴っていました。

丸紅は独立した人間には冷たく意地悪をする事が分かっていたので、作戦を立てました。SZ社が見本を送ってきたので、それをYC社から独立したMC社に持って行き、取引を行ったら、MC社をおとりにする積もりではなかったが、かつて丸紅の大阪から引き取ったK君が早速、新任部長に報告して邪魔をしない様にしておくと言ったらしく、部長がSZ社に電話でミスファブリックと取引するなら、丸紅への出入りを禁止すると言ったので、直ぐにSZ社から電話でその話をしてきました。すると社長はそうですか深須さんの居ない丸紅にはもう用はないからと返事をしておいたよと言われました。これで作戦行動第1が成功しました。

●YC社の対丸紅作戦

次に丸紅の取締役と部長、課長がYC社に挨拶に行ったときには、YC社の方から先にうちはミスファブリックと取引しますからねと先制攻撃をかけておいたよとA店長に言われました。

丸紅は何と言いましたかと聞くと、それは御社のご方針だからうちは何も申し上げませんと言ったそうでした。これで自動的に作戦第2が成功しました。

●最初の取引

取引は全て○井物産経由になります。仕入れも大手のTR社他の繊維メーカーおよび大手紡績等です。但し、取引の電話および全ての出荷指図等もダイレクトに行います。勿論、○井物産としての書類は完備して、いつでも見れる様にしてあります。

これは、もし丸紅と組んでいたら絶対に出来ません。先ずミスファブリックに対して、数億円の与信限度が出来ないでしょう。また、深須が勝手に○井物産の商品を動かしたり、○井物産に代わってTR社やTJ社などの紡績大手にオーダーが出来ません。

初めにYC社に対するプリント服地の取引を行いました。今まで○井物産は利益が2％しかなかったのに、そのときは4％出ました。S課長が吃驚してこれで良いのかなと言ったので、YC社には以前より5％以上安く納入しているので良いですよと返事をしました。

●ポリエステルジャカードへのプリント

独立して最初の大きな仕事は、YC社が米沢や桐生産地でポリエステル生地を買い、それにプリントをして売り出すと、大変に評判が良かったです。然し、生地の値段が米沢や桐生産地では高く、北陸で量産して提供しました。

プリントの展示会を開くと、生地が全部そのジャカードだったので、3大合繊メーカーが見に来たときにA店長が、これからはこの生地が主力だよと言ったので、3大メーカーが一斉に生産に入りました。初年度は生地を360

円で売っていましたが、2年目には200円台になり、3年目は100円台になって仕舞ったので、取り扱いをやめました。M課長は2億円くらい稼いだと思いますが、丸紅も相当の利益を得ました。

●福井のM織物

社長が、今月4万6000mのジャカードの注文をゼロにしたので、わたしは注文を貰わなければ帰れないと粘られました。然し、ジャカード生地は既に合織メーカーが乗り出して出来過ぎているので、これ以上は買えませんと言うと、なんでも良いから注文を貰わないと工場がストップして仕舞うから困ると言って帰らないので、仕方なくそのジャカード織機で無地のサテンが織れますかと言うと織れるというので、危険は覚悟で注文をしました。

出来たものは案の定傷だらけで売り物にはなりませんでした。返品したら金額が約1000万円と大きいので相手は支払い不能になると思い困りました。そこでKS染色工場に入れてしわ加工をすると、傷が見えなくなったから、全量にしわ加工を施し、その上にプリント加工をすると面白いものが出来たので、HMMのNS部長に見せたら、次々と注文が入り完売出来ました。次のK洗工場のプリント加工に繋ぐ事が出来ました。

●合織メーカー

合織メーカーについてはTR社のM部長がミスファブリックに来て、TR社の商品を中心に扱って欲しいと言われましたので、天然繊維は別として合織は出来るだけそうしますと返事をしました。このM部長とのお付き合いはこれから長く続きます。専務取締役から、副社長になり、次に子会社のTRテキスタイルの会長兼社長になりました。

先日、漸く住所が分かり、電話が通じました。私より5歳若いのに、足腰が痛くてもう駄目だよと言われていましたがお元気で、名前を使用する事はOKでした。

●社員の募集、飯田橋職安

いよいよ取引を開始しましたが、一人では困るので取りあえず電話番として家内を来させました。飯田橋の職安に行って、女子社員を他社より2000円高くして書類を書いて帰りました。すると早速、Mさんという九州出身の女性が来たので採用しました。

彼女が私に男の人が必要なのですかと聞くので、勿論必要だから良い人がいたら紹介して下さいと言うと、あたしの居た会社は給料が遅配ばかりしているのでやめたいと言う人がいますと言ったので、連絡をして下さいと言うと、翌日A君がやって来ました。何と髭ぼうぼうで、髪の毛もクシャクシャな人間でしたが、がっちりして健康そうなので、じっくりと話を聞きました。

K高校出身で、一度だけ甲子園に出場したが1回戦で敗れたそうでした。大学はOK大学の野球部で、5番打者で足が速く100mが11秒2なので陸上部から時々応援を頼まれ、肩も強くホームベースからダイレクトにスタンドに届いたそうでした。

勉強はどうだったと聞くと大学では3か月やっただけで、兎に角野球ばかりやっていましたと言いました。一芸に秀でた人は必ず成功すると思ったので明日から来なさいと言いました。

野球の有名なK監督を車で夜中に送る途中で、トラックが鉄の長い棒を警告灯を点けずに駐車していたところにぶつかって、フロント硝子がバリっと割れたとき、運転手が監督大丈夫ですかと聞くと、瞬間に体を伏せていて安全でした。運転手は、一芸に秀でた人は何処か違うと思ったそうで、ばらばらになったガラスを体に被って仕舞いましたが、本人は無事だったそうです。この話を前に聞いた事があったので、A君にも期待して採用しました。

TR社のM氏が部長のときに来社してA君の目が気に入ったと言われた記憶があります。

飯田橋の職安に行くと、募集側は優遇してくれて数年間は良かったのですが、バブル期に入ると今度は大勢が逆になって求人が大変になりました。然し、バブル終了とともに再び求人は楽になりました。

A君は半年も経つと、YC社の仲の良い連中を「君」づけで呼ぶ様になりましたが、あくまで得意先なので失礼のない様にと言うと、彼は心得ていると言いました。TR社の連中の皆とも、その他TJ社やMR社の担当者とも、また産地の担当者とも仲良くなりました。

●A君の弟

A君が、弟Bがコーヒー屋で働いているが、仕事がきついので変わりたいと言ってきました。性格は自分よりナイーブだと言いました。連れてきたので話を聞くうちに、やや気が弱い感じがしました。YC社のA氏に相談したら、AとBで良いだろうとなりました。然し、後になってこの弟がトンデモナイ事をしてくれました。

社内に彼を好きなおっとりしたSさんという女子社員がいましたが、彼はもう一人の派手な女性を好きになり結婚をしました。ところが、彼女は金銭感覚にだらしがなくしかも家の中の掃除もせず、兄が見に行って吃驚していました。

浪費癖が治らず夫に無理をさせてばかりいたので、家計は大変だったようです。サラ金に700万円の借金が出来て仕舞って、どうにもならなくなり仕事も手につかなくなりました。兄に対して社長には言わないで欲しいと言ったのですが、兄が私に報告をしたので発覚しました。私が立て替えて、サラ金と縁を切らせ、給与から天引きで2年掛かって返済させました。

その上、公文書偽造でした。〇井物産がある月末に、前月分の売掛金の回収金額が650万円不足しているという苦情を私に言ってきたので、早速YC社の会計部に行って調べると、なんと〇井物産の請求書の単価と金額を勝手に訂正して自分の小さな「B」という訂正印を押していました。これでは〇井物産との基本契約が破綻して仕舞うので、直ぐに〇井物産に支払いました。

更に、会社に3000万円以上の損害を与えた大問題を起こしたので首にしました。

然し、兄が退職金を払ってやって欲しいと言うので、兄の為に支払いました。ところが、その後世話になっていた兄にも嘘をついて金をせびり、それが判明して兄も呆れて、兄弟の縁を切ったと私に報告してきました。

●結婚式の仲人

意匠室のU君、ミスファブリックのA君の弟Bと、W君の3人の仲人を引き受けましたが、W君は甲府の機屋の長男で来客が500名もあって、始まる前後とも入り口に30分以上頭を下げ続けました。○井物産はS部長以下3名、桐生の機屋さんのAちゃんと呼ばれて慕われていた人がW君の先生で、主賓だったと思います。彼は私に、桐生の機屋時代には絡み織が得意で、冗談で生地に穴を開けるのは得意ですが会社まで穴を開けましたと言っていました。その後は一時、繊維メーカーのK社に在籍していましたが、更にその後は学校の先生になったそうです。

●私達夫婦をW君のご両親が

ホテルの部屋を富士山が綺麗に見える良い部屋に変えて下さったので快適に過ごせました。

仲人のお礼にと言って10万円を頂きましたが、そのままお祝い金にしました。長男なので豪勢な結婚式でしたが、本人は自分で好きになった相手なのに何故か親父の結婚式の様だと言って、全く感激していませんでした。子供が生まれた後に別れて仕舞ったので、ご両親はがっかりされたと思います。

結婚式には良く引っ張り出されましたが、女性側の主賓が殆どで、乾杯の前に喋らされるのです。或るときは、5月の連休中で切符が取れず、京都までグリーン車でも立っている状態で、駅からタクシーも時間が掛かり、着いたら喉がからからのまま挨拶したのには、参りました。最近は仲人が不要になって良い方向になったと思います。

●家内の衣装を買いに京都丸紅へ

丸紅の京都支店は常に赤字でしたが、別会社として独立すると直ぐに黒字になりました。その理由は本社に支払う経費が当時一人当たり3～5000万円の負担で、京都は200人で、売上が200億円しかなかったので、当たり前でした。

丁度、結婚式の女性の正装を求めに行ったときに、同社のS支店長が以前S社の稟議に居た8名の内の一人で、〝深須君あのときは一人で頑張ったね〟と言われたのには驚きました。

箪笥くらいの帯の山が積んであったので、これで幾らですか？　と聞くと、「5億円」と言われ驚きました。着物は仲間内で売買するうちに、どんどんと値段が上がって仕舞うそうでした。特別に50万円で全部揃えてあげると言われましたが、最後の仲人役なので、15万円の借衣装にしました。

●テレビ出演1（速聴）

人が話した事を4倍速にするとチチチチとなるが音程は変わらない機械があって、それを聞き分ける訓練を73歳のときに新宿住友ビルの一室で勉強しました。アメリカでは、3倍速までで、日本のメーカーが4倍速を作りました。例えば1時間の演説を録音すると、15分で聞ける事が出来る訳で、これは便利です。

医者の立ち会いで脳検査をすると言われて、N大学の分校にある世界に3台しかない脳波検査機で、かなり重い128か所のクリップを頭に載せられて検査をされました。2倍速から4倍速の文章を聞くと脳がどんな反応をするかを先生が画面で見ていました。

私の前に同じ73歳の老人が検査をされて、結果を私と比較していました。彼の脳は反応していなかったが、私は中心が真っ赤になりました。

テレビ局の人が「練習をしましょう」と言うので、会社の会議室を借りて機械を持ち込み、実験をしました。その前にテレビ局は通行人に呼び掛けて、盛んに3～4倍速の実験をやっていましたが、誰も正解を出来る人は居なかったそうでした。

「今日は暑いので、こたつに入ってみかんを食べた」という例題を言ったので、おかしいなと思い、もう一度と言って下さい、と聞いたら間違いなくその様になっていた様な真逆のひっかけ問題も出されました。

本番は、テレビ東京の夜8時の2時間番組のゴールデンアワーで、MM氏が活躍していた時代で、司会をしていました。

垂れ幕の前に1分前に立たされると、5秒前、4、3、2、1と掛け声と共に幕が開き、同時にドライアイスの煙が目の前に吹き上がり、入場しました。一般の観客が100人程度と芸能人が20人くらい居ました。

私はフリップを持たされて、答えを書き込みました。2倍速までは芸能人が皆分かりましたが、3倍速になると分かりません。司会者のMM氏が、自分の番組で良く使う「ファイナルアンサー?」と聞くので、私は分かりましたよと言いました。面白かったのは、「タレントのMFさんはいつもさわやかだ」と3倍速で言ったときに女優のMさんが、ＭＦさんはいつまでも結婚出来ないと答え、お前俺に恨みがあるのか?と怒った事です。

正解が発表された後、有名な女優の一人が私の直ぐ近くで、深須さんこれは訓練すれば私にも出来ますか?と質問したので、勿論出来ますよと返事をしました。本当は聴覚が良くて訓練すれば出来るのです。

●テレビの威力

結局2時間番組のなかで、20分くらい出されていました。

他には50数歳の縄跳びのプロと記憶力の凄い女性、電車の窓から見える景色を超速度で、スケッチする男性と『マツケンサンバⅠ』（林紀彦作詞、京建輔作曲）を逆に演奏しながら歌う女性がいました。

テレビの反応に吃驚。翌日、家の前の奥さんに、深須さんがテレビに出ているので驚きましたと言われました。会社に行くと社員から、お前のとこの社長は凄いなと言われたと伝えられたし、電話で福井や浜松からも報告がありました。後日も色々な人から声を掛けられたので、テレビの影響は恐ろしいと思いました。いつも掛かっていた二人の医者にも言われました。

●テレビ出演２（瞬間速読）

Ｎテレビ局の方が2人で会社にやってこられましたので、話を聞くとうちも年配者の番組を行う事になっているので出演して下さいませんか?と言われましたので、良いですが同じ事をやっても仕方がないでしょうと言うと、何か他に出来ますか?と言われたので、数字だけ10桁くらいなら0・1秒見れば、覚えますと言ったら、早速紙に書いて、さっと見せたので答えると、これは面白いから是非やりましょうとなりました。

やはり事前に少し訓練をしましょうと言うので行きました。運動場の様な広い駐車場に車を停めて、中に入ると驚いたのは、既に木枠の中に5段の回転する四角形の棒に数字をはめる仕掛けが出来ていて、色々と距離を決めて練習しました。

本番は、司会のYアナウンサーと女優のMYさんの他に、5名の女性楽団が居て演奏していました。アナウンサーが楽団員にそれぞれ適当な数字をはめ込んで下さいと言って、彼と私は200名くらい居る観客に向かって話を始めました。後方ではめ込んでいた女性が、出来ましたと言って木枠を持ってきました。次から次に棒をくるっと回して貰い、私は頂いたフリップに数字を書き込んでいきました。

お昼休みの時間で始めると、最初は目が慣れていないので、1段目だけもう一度やって頂きました。3段目まで成功すると観客が一斉に拍手をしてくれました。最後の5段目になったときに、数字の5と6は四角い文字では似ているので間違えました。アナウンサーから惜しいと言われました。

会社に戻ると、婦人服地のM工場のNさんから直ぐに電話を頂いて、1字を間違えて却ってヤラセではない事が分かって良かったと言われてホッとしました。

ゴルフ仲間のMさんが見ていて、他の友達にも電話で、深須さんがテレビに出ているから見ろと言ったので、後日カナダ旅行に一緒に行ったNさん達から色々と言われました。

後日、脳神経外科の先生に話したら、2万5千人に1人ぐらい居ると言われました。

●家内と海外旅行

家内と海外旅行はミスファブリックで社員旅行を一度ハワイに行っただけなので、毎年2回ぐらいは行く事に決めて、ヨーロッパ、北欧、中欧に出かけました。フィヨルドが見たいと言うので北欧は2回行きました。オーロラも1度だけ何とか見る事が出来ました。

妻に良い印象を持って欲しかったので、デラックスな計画を立てました。二人で150万円はちょっと高かったですが、二人の年齢を合わせると150歳になるので、良いとも考えました。航空会社のプレミアムコースでロンドンまでは座席がゆったりしていて楽でした。

ロンドンからフランクフルトまでの機中で、隣に座ったフランス人の年配の奥さんが英語で話し掛けてきました。暫くすると、座席上のライトも点けずに英字新聞を読んでいたので、良く読めますねと聞くと、未だ若いもんと返事をされました。

幾つぐらいかなと思ったのですが、聞くわけには行かないので、何か方法はないかなと思っていると、丁度見出しに新しいタブレットがあったので、興味がありますかと聞くと、ないけれど息子は買って使っていると返事をされました。息子さんは学生ですかと聞くと、もう仕事をしていて、私は62歳だと言われました。その紙面に男の写真が載っていて、人を食べたと書いてあるので、吃驚していると、彼女曰く英国人は狂っている、この男は二人も食べたと書いてあるので、どうかしていると言っていました。昔からフランスとイギリスはあまり仲が良くないけれど、気持ちが悪い話を聞いて仕舞い、失敗したと思いました。

●ライン川下り

フランクフルトのインターコンチネンタルホテルに1泊して、翌朝バスでリューデスハイムへ、そこから世界遺産のザンクト・ゴアルスハウゼン間を、約2時間のライン川クルーズで楽しみました。ガイドのOさんが「ザンクト・ゴアール」は幾つかあるので、最後の「ハウゼン」まではっきり聞いて下さい。さもないとライン川には橋がないので、間違えて降りると戻ってこれなくなりますから、充分に注意して下さいと言われました。

船のアナウンスは10か国語で行っていました。船上は風が強く、かなり寒かったですが、両岸の景色はお城が沢山あって、皆美しかったです。この川には色々な船が行き来し、産業の動脈になっているようでした。

急にメロディーが流れたので、ローレライの所かと思いましたが、その像は川から100m上にあるとアナウンスがあり、見る事は出来ませんでした。

昼食のメニューは、バンドの生演奏付きで、名物の白いアスパラガスのステーキでした。美味かったです。小さな街は至る所に可愛い人形や小物の店が並んでいて面白かったです。

バスが迎えに来て、リューデスハイムに戻り、そこからヴュルツブルク市内へ入り、世界遺産の司教館他を見ました。ヴュルツブルク大学は、有名なノーベル賞の第一号であるレントゲン博士他3名の受賞者を輩出しています。

●古城ホテルに一泊とロマンティック街道

山の上にある中世の雰囲気のある古城ホテル（シュロスホテル・シュタインブルク）に宿泊しました。部屋の作りが全部異なっているので、メンバーが面白がって皆各部屋を見回りしていました。食事は大変に美味かったです。聞いてみると何と5つ星のレストランになっていて、街の人もディナーを楽しんでいました。

翌朝、ヴュルツブルクからバスで命名70周年のロマンティック街道を走り、中世の街そのままのローテンブルクの街を見物しました。以前、丸紅社員のときに行きたかったのですが、時間がなくて行けず今回実現して良かったです。1時間もあれば一回り出来ましたが、美味いレストランを探して昼食を取りました。


再びバスに乗り、途中ヴィースの巡礼教会（教会にしては派手な装飾をしてある）に立ち寄ってから、この街道の終点のフュッセンに到着しました（ヴュルツブルクからここまでバスで３４０㎞）。

翌朝、フュッセンを出発して、ホーエンシュヴァンガウへ。そして、白鳥城の名で知られ、優美な姿を誇るノイシュバインシュタイン城へ。ルートヴィヒ1世の後、2世が新しい城を築いたのがこの城ですが、出来るまでに16年の歳月が掛かったので、2世の死後に完成したそうでした。絵葉書に一番多く見られるのがこの城です。

●スイスに入る

続いて、バスで国境を越えてスイスのウェンゲンに着きました。途中の景色は素晴らしく、天気も良かったので、バス旅行が快適でした。

ウェンゲン市内には電気自動車や馬車しか入れないので、登山電車の駅でバスは帰りました。小さな街なので、そこからサンスターホテルまでは僅かな距離で、歩いて直ぐに着きました（フュッセンからここまでバスで３７０㎞）。

夕食までは時間があったので、街を一周してみましたが、約1時間で回れました。ホテル近くのレストランで、時期ではなかったがフォンデュを注文しました。時期ではないと言われましたが、初めてのフォンデュでした。小さめのジャガイモとパンが美味かったです。冬季はスキー客でこの辺のホテルは満杯になりますが、このときはガラガラでした。

翌日はいよいよユングフラウヨッホへ登山電車で登り、３４５４ｍの展望台に登りました。生憎、天気が悪くなって仕舞って何も見えませんでした。

40年前に来たときは、ルートは別でしたが、上に行くに従って天候が良くなり頂上では快晴でしたので、希望を持って行きましたが、残念にも全く何も見えず、家内にはがっかりさせて仕舞いました。家内は、前年の蔵王の樹氷見物も吹雪で何も見えなかったので、どうも雪見物にはツキがない様です。

●TGVでフランスへ

翌朝、バスでジュネーヴへ、そこからＴＧＶでパリへ行きました。車内で日本の幕の内弁当が出ましたが、これがなんとも不味くて酷い物でした。全員が口々にあんな物なら出さない方が良いと言いました。（ウェンゲンからバスで24㎞）。

夕刻にパリのホテル「コンコルドモンパルナス」に着きました。夕食は近所をぶらぶらと歩いてレストランに入りました。

翌日はバスで市内見物の後、ルーブル美術館へ。以前に数回行った事がありましたが、今回は人が多かったです。館内はフラッシュ禁止ですが、相変わらず写真は自由に撮れたので数十枚撮影しました。ここで一応解散になり、後は自由行動でした。

広大な公園の中を歩いてオランジュリー美術館へ行きました。矢張り人が多くかなり待たされましたが、適当に入場を制限していたので、中は比較的に空いていてゆっくり見る事が出来ました。オルセー美術館はこのとき、多くの名画を海外に貸し出していたので、行きませんでした。

漸くバスの乗り場を見つけてモンパルナスまで帰りましたが、日本と違ってアナウンスは全くないので、常に注意して外の景色を見ながら、降りる場所を確認する事が必要でした。

翌朝、申し込んでおいたバスツアーで、ヴェルサイユ宮殿に行きました。今回は40年前と違って物凄い人の群れで待たされましたが、宮殿の周りにある囲いが金箔で奇麗に装飾されていたのには驚きました。ツアー組は早く入場が出来ました。案内人が日本の大学出で、日本語が上手でした。

入館して直ぐの大天井は製作者が大砲で撃っても落ちないと豪語したそうですが、実際に戦争でその屋根は落ちたものの、大天井はびくともしなかったのです。

豪華な絵画を沢山見て外に出ました。１００万平米の庭園には入らなかったのですが、奇麗で写真だけ撮りました。暫く見ていると噴水が噴出したのは見事でした。バスでパリ市内に戻って解散しました。

地下鉄でシテ島のノートルダム大聖堂へ。途中、ドイツの観光客と話していて道を間違って仕舞いましたが、何とか着きました。丁度、ミサが始まったので暫く参加してみましたが、荘厳な雰囲気でした。次に、パリで一番美しいと言うリュクサンブール公園へ歩いて行きました。ドイツでは寒かったのですが、パリは暑かったので公園の木陰で休みました。現地の若者が上半身裸で日差しを求めて座っていて、日差しが変わると椅子を移動させていました。

モンパルナスのホテルまで、かなりの距離（約６㎞）を街を見ながら歩いて帰りました。久しぶりの海外旅行でしたが、今回はユングフラウヨッホを除いては満足出来て楽しかったです。

●スペインの観光バス

高速道路に乗る前に、運転手によって１時間バスを止めて検査が行われました。運転手が一枚のカードを提出すると、警官が機械に差し込んで調べました。運転手に聞くと、そのカードにはありとあらゆる事が記憶されているそうです。

４時間毎に30分以上の休憩を取っている事も必要条件なので心配でしたが、問題は全くなく出発出来ました。しかし、予定が少し狂いました。日本の高速道路で大きな事故があったので、帰国して直ぐにスペインの事を文書にして一時法務大臣を務めたＴさんに手渡したら関係先に渡しておいたと言われました。

●北欧でオーロラ

家内がフィヨルドを見たいと言ったので出かけましたが、更にオーロラを見たいと言ったので2回出かけました。2度目は1万トンの客船兼貨物船でノルウェーの西側を北上して、最北端まで行きましたが、何処もかしこも雪ばかりで真っ白な世界でした。

最後のディナーでカニが食べ放題でしたが、船が揺れて（船の後方を見ていると10mくらい上下していました）家内は部屋で寝ていて、可哀想に食事が出来ませんでした。

中欧はハンガリー、チェコ、ヘレンキームゼー湖へ行きました。キーム湖には、お城ばかり作って国の仕事をしない国王が浮かんでいたそうです。原因は不明でしたが、多分毒殺であろうと言われました。

●娘の家族とアメリカ旅行

娘夫婦と4人で旅行をしました。ラスベガスのシーザーズパレスホテルに3泊。ギャンブルは程ほどにして街を歩いてみました。その暑さは想像以上でしたが、湿度がないので日陰は涼しく感じられました。

気をつけなければならないのは、脱水症状にならない様に、常にボトルを持っている事でした。夜のホテル内でのショーは面白かったし、別のホテルの噴水のショーも見栄えがして良かったです。

ロサンゼルスのシェラトンユニバーサルホテルに宿泊して、有名なユニバーサル・スタジオを見学。ジョーズ他、映画の装置が直ぐ目の前で見られて迫力がありました。日本の大阪にも出来ましたが、未だ見ていません。ロサンゼルスは車社会なので、以前仕事で来た時同様に人は殆ど歩いていません。その為に主幹道路は片側6車線で素晴らしい。

ロサンゼルスからバスでメキシコ旅行をしました。途中サンディエゴで公園のトイレを使用しましたが、ドアがないので、妻が入るときは私が入り口で番をしていなければなりませんでした。

アメリカとメキシコの国境は、パスポートは勿論、入国証も大切にする様に、帰りにはそれを返さないと再入国が出来ないのでメキシコに留まらなければなりませんよとガイドに説明されました。メキシコに入ってはみたものの、時間があまりなく街を少しぶらぶらした後で昼食を食べました。長時間バスに揺られてきましたが、ちょっと気が抜けた感じでした。

●2度目のインド

最初のインド旅行で、もう2度と行きたくないと思っていましたが、YC社の店長と話をしているうちに、今度の旅行に深須さんも入っているよと言われたので、堪忍して下さいよと返事をすると、○井物産のT副社長から聞いていないかと言われました。結局、観念して行く事になって仕舞いました。

YC社は既にインドのインディアンテキスタイルからブロックプリントの服地を○井物産経由で輸入していましたが、新しい糸染め企画を考えていたので、行く事になりました。

メンバーはＹＣ社のＩ部長と○井物産のＭ課長と私の３名でした。二人とも初めてなので、過去の旅行でのインドの酷い話をしておきました。最初、ニューデリーに着いたら、○井物産のＭ課長が深須さんの話と違って奇麗なところではないかと言うので、ここは英国が作った街でインド内の英国で、他に行ったら全然違いますよと説明しました。

インディアンテキスタイルを訪問しました。ＹＣ社のＩ部長は、糸染織物部を担当していたので、関連している見本を全部持ってこさせました。何点か取り上げましたが満足出来ないので、持ってきたスケッチと色を出して枡見本を作る様に指示をしましたが、枡見本を知りませんでした。今まで1点1点を別々に作る事しか知らなかったので、詳しく説明すると分かった様な分からない様な顔をして、兎に角やってみると言いました。

●タイ国へ

バンコクに着くと、Ｉ氏はホテルで丸２日間も寝て仕舞いました。○井物産のＭ課長と私は下痢をしながらも良く食べていたので、Ｉ部長曰くお二人の体はどうなっているのかと不思議がっていましたが、下痢をするので食べないと体が持たないからだと返事をしたら呆れていました。バンコク市内は相変わらず道路がごった返していて、丸紅時代に来たときと殆ど変わっていませんでした。

●家内と国内旅行

四国旅行も良いと思い、丁度大河ドラマで『龍馬伝』（２０１０年度放送、日本放送協会）を放映しているので、息子の一家4人と娘夫婦と総勢8名で計画して阪急交通に申し込みました。

最初に金刀比羅宮を参拝しましたが、786段の石段を上る事が出来たのは、毎朝の30分のウォーキングが役に立ったと思いました。悩む一歩手前という語呂合わせで、785段が本当。階段はかなり混んでいました。私は息子と一緒に上りましたが、速度に多少手加減をしてくれたので良かったです。ノンストップで上って階段の上で待っていると娘達が、どうせパパは遅いからと言いながら上ってきて、あ、もう着いていると吃驚していた様でした。寒かったですが、途中で暑くなり上着を脱いで上り、上に着いたときは汗びっしょりでした。暫くすると寒くなったので、慌てて上着を着ました。かなり急な階段なのに殆ど手すりがないのは不親切だと思いました。

誰にも話はしていませんが、金刀比羅宮の石段を上るのに、般若心経を唱えながら上りました。般若心経262文字×3で、丁度786になります。但し、一段事に一文字を言ったのではないので、十数回は唱えたと思います。ノンストップで上ったにもかかわらず全く疲れませんでした（三蔵法師がインドに行くときに既に般若心経が中国に入っており、それを唱えながら行くと事故もないし、病気にも罹らないと言われて唱えたそうで、その真似をしました）。

翌朝、町の人が希望者だけを海岸まで50mの階段を下りて案内をしてくれると言うので、早起きして出かけました。未だ真っ暗なので懐中電灯を皆に貸してくれましたが、階段はかなり急でしかも自然石なので歩きにくかったですが、面白かったです。

朝食後、バスは香川県から徳島県に入って、祖谷のかずら橋へは行かなかったですが、吉野川が作った深い峡谷で、大またで歩くと危険という事から名前が付いた大歩危峡の近くの道路を走って高知県に入りました。

ホテルに入り、夜に、はりまや橋を見に行きましたが、大した事はなかったです。朝市があると言うので、早く起きて出かけました。ちょっと時間が早過ぎて準備中の店が多かったですが、面白かったです。朝飯後、バスで桂浜に向かいました。龍馬伝をやっているので、龍馬歴史館は満員でした。桂浜は奇麗な小石の多い砂浜で、かなり賑わっていました。通常はこんなに人は多くないそうで、大河ドラマの影響でしょう。

四万十川の遊覧船に乗船。奇麗な水の上をゆったりと走り気持ちが良かったです。お遊びで、船主兼ガイド兼船長が孫に舵を握らせてくれました。上陸して、船主の店で四万十川特産のお土産を購入しました。愛媛県に入り、松山空港から帰りの飛行機に乗りました。

今回は、見物場所をちょっと欲張りすぎたツアーで、バスに乗っている時間が多過ぎました。

●黒部・上高地

新婚旅行で一度行きましたが、そのときは代々木寮の賄い人の息子M君に計画をさせたので、忙しない旅行でした。今回はゆっくり行こうと考えて、鉄道会社のフルムーンで、「黒部アルペンルートと上高地」４日間のツアーに参加しました。

上野からグリーン車で越後湯沢まで行き、北陸新幹線の「はくたか」で魚津駅へ、そこからバスに乗り換えて宇奈月へ、更に黒部峡谷トロッコ電車で日本最大・最深のＶ字峡谷の途中駅・鐘釣まで行き、川で温泉の足湯を使って戻りました。宇奈月で1泊。久しぶりに畳の部屋で夕食、ご馳走は美味かったです。

翌日は高岡の国宝瑞龍寺を見ましたが、大きな曹洞宗の立派な寺でした。高岡大仏を見ましたが、大した事はなかったです。富山のレストランでの昼食は新鮮な魚で非常に美味かったです。妻が隣に座った医者の奥さんに向かって、ツアーでこんなに良い料理はあまりないですねと言ったら、当たり前の顔をしていました。鉄道会社のツアーなら当然なのです。参加人員も16名と少ない為に、大型のバスは一人当たり3席ぐらいあってゆったりと出来ました。

バスはアルペンルートの入り口である立山駅に向かう県道6号を通って、称名滝バス停へ、そこから約30分の坂道を登って落差350ｍの日本一の称名滝を見に行きました。細かい水滴が霧の様に辺りを包んでいました。落差が350ｍで、2段になったかなり急斜面の滝でした。立山駅からケーブルカーに乗って美女平へ、更に高原バスで弥陀ヶ原へ行き、弥陀ヶ原ホテルで1泊。辺り一面の紅葉が奇麗で、暫く散策して写真を撮りました。

翌日は高原バスで日本の最高所（2450ｍ）にある室堂駅へ、そこからトロリーバスで大観峰へ、更に日本最長のロープウェイ空中散歩（1・7㎞、途中に柱がなく、約7分）で黒部平へ。更にケーブルカーで、黒部湖へ着きました。日本最大級のアーチ式ダムは素晴らしいの一言。建設犠牲者の慰霊碑がありました。黒部ダムの絶景を見ながら写真を撮り、電気で走る日本唯一のトロリーバスで扇沢に着きました。

再び迎えに来たバスに乗って、大町温泉で昼食後、上高地へ向かいました。昔と異なり、バスは途中の沢渡まで。後は地元の専門のシャトルバスに乗り換えて上高地に入り、上高地の五千尺ホテルに1泊。ここは帝国ホテルに並ぶ高級ホテルで、気分が良かったです。

翌日は、雨で残念ではありましたが、明神池まで行きました。ホテルで脛に巻く脚絆を貸してくれたので、足に巻いて、大きな傘も借りて約1時間かけて池までたどり着きました。幸い雨が小降りになり、奇麗な池を堪能する事が出来ました。美しい絵のような池で、雨でも来た甲斐があったと皆が話していました。帰りは別の道を通りました。滑るから危険と言われましたが、所どころ木造で横に丸太が張ってあり、足の土踏まずが気持ち良く疲れが取れました。脚絆と大きな傘のお陰で楽しかったです。結構歩く人に出会いました。翌日、バスで松本駅に行き、グリーン車で新宿に着きました。今回の旅行は年配者ばかりで、ゆったりとして食事も美味しくて楽しかったです。

●京都、琵琶湖観光

家内が京都の梅の花を見たいと言うので、新幹線で行き、インターネットで検索して予約してあった観光バスに乗りました。城南宮を見た後、駅ビルに戻って、ホテルグランヴィア京都のレストランで昼食。バイキング方式だが、美味かったです。

午後は北野天満宮で約550本の梅を観賞しましたが、少し早いが良い香りが漂っていて気持ちが良かったです。園内は良く清掃されていて、樹木の手入れも素晴らしかった。次に梅宮大社へ行きましたが、園内が汚く、花も大した事はなかったです。夕食まで時間があったので西本願寺へも行きましたが、門限時間が迫り、小雨も降ってきたので早く切り上げました。広島焼きが食べたいと言うので予約してあった店へ行きましたが、期待はずれでした。

エクシブ琵琶湖を予約してあったので、新幹線に乗って19分で米原へ、さらにタクシーで5～6分でホテルに着きました。このホテルは新しいので大変に奇麗で、温泉もお湯が豊富でした。

翌日、長浜まで電車で行き、琵琶湖観光船に乗って竹生島へ。165段の階段を上りながら、参拝して回りました。お土産屋で妻がしじみの佃煮をつまんで美味しかったので、5袋購入しました。

彦根に戻り、予約してあった彦根城案内のボランティアに面会して、交通費として1000円を支払ってから、築城400年の彦根城の案内を開始して貰いました。城内の敷地に自宅がある人で、歴史に相当詳しくて、これでもかこれでもかという様に説明をされました。

関ケ原の合戦に勝利した家康に井伊直政が築城を命じられたのですが、関ケ原で受けた傷で亡くなった為に、息子の直継・直孝によって建築された城です。国宝として2007年に築城400年を迎えました。

時間があったので、城下に2600名の足軽が5間×10間の土地を与えられて門を許された家があるので見に行きましょうと言われて見に行きました。当時のままの家がかなりありましたが、保守にお金が掛かるので、お金持ちでないと建て替えて仕舞うそうです。かなり歩いて疲れたので、食事場所を探しました。

「たねや」があったので入って夕飯を食べたら美味かったです。

彦根駅から北陸線に乗って一駅の米原に着き、朝預けたスーツケースを引き取ってから、切符を切り替えに窓口へ行くと、グリーン車料金を別に約2万円とられました。

●住居の話

最初の住宅地の購入。株式投資でかなりの資金が出来たので、投資の積もりで東京と八王寺の真ん中辺りと思い、国立から近い所に売り出しがあったので、62・5坪の土地を60万円で購入しました。なかなか価格が上がらなかったです。

立川市役所の課長が隣にいて欲しいと言うので、10年後に漸く１２６０万円で売却して念願の１０００万円が出来ました。それよりも数年前に、義父が横浜の保土ヶ谷に鉄筋の２階建てを建築していて、自分達は２階の半分を借りて住んでいました。

横浜市南区の児童公園近くに東京電力が造成した分譲地で一番土地の高度の高い所を坪単価10万円で購入しました（62・5坪）。

住宅の総合展示場があったので、設計図を描いて住宅メーカー積水ハウスに行くと、このまま建築出来るが、大き過ぎるので縮小しましょうと言われて４ＬＤＫの１５０平米の家を建築しました。家内の親戚を呼んで、会食をしたら随分でかいなと言われました。

丸紅に借り入れを頼んだら、600万円しか出してくれません。しかも、何故こんなに広い家が必要かと言われたので、父親を呼ぶと言いました。F銀行が1600万円を融資してくれましたが、未だ金利が高いときで、初めのうちの返済は金利の方が多かったです。

●我が家の庭でバーベキュー

家が出来たので、私の誕生日に庭で煉瓦とブロックを組み立てて、近所の肉屋に行って最高級の肉を6~7キロ買ったら、店主が美味しいタレを一升瓶に満杯にタダで拵えてくれました。約30名集まり、毎年行うのでステンレス製の串を100本買っておきました。皆が美味いなあと言って食べた後は、居間でカラオケを行いました。今の様な装置はなかったですが、親友の音キチのY君が拵えてくれた高級機に反響装置を付けていたので、皆から歌いやすいと言われました。

●自分の子供達について

息子は飛行機に興味があり、パイロットを目指して1年浪人し予備校に入って勉強していました。然し、丁度航空事故が多発していたので家族皆が反対して、航空機関係は断念させて仕舞いました。

私も毎年のヨーロッパ旅行で、或る日、ヒースロー空港のトイレから出たときに二人の大きな警官が居て、Get out this building at once と言われたので、No！ と言うと Yes！ と怒鳴られたので、Anything the matter? と聞くと Bombs care と大きな声で言われました。トイレの部屋から大きな待合室に出ると誰も居ないので、警官に礼を言って、走って外に出ると大勢の乗客が荷物を持っておりました。一緒に旅行したNさんを探すと、私の荷物を持っていてくれました。前日に他の空港で爆発があった事が新聞に出ていました。その他、毎年の海外旅行には数回色々な事件に遭遇しました。

●息子の受験

大学受験のときに滑り止めを含めて数校受験しましたが、合格通知が来ても全く無視し、J大学の通知だけ開いてほっとしていました。やはり外国語に集中して勉強をしたかったようでした。

就職について○井物産のT副社長に依頼したら、課長に話が伝わっていて、ソアリング部とは何ですかと聞かれたので、それはハンググライダーの事ですと言いました。効能は何かと言われたので、高所から見ると良く分かるので物産が良いと思いますと言っておきました。

ところが本人は、これからは金融の時代と言って、先輩に引かれてD証券に入社しましたが、値上がりしない株を売ってこいと言われ、喧嘩して数か月でやめて仕舞いました。MR社とTJ社が中途募集をしているので私にどっちが良いかと聞いたので、どちらも取締役を良く知っているので連絡しようかとも思いましたが、○井物産の事もあったので、自分で決めなさいと返事をしました。結局、TJ社の方が会社内容が良いので、決めたと言ってました。

繊維部に入らずフィルム部に配属されたのが良かったです。最終的にはアメリカの化学メーカーDP社の日本支社に入り、色々な合弁会社の社長を歴任して、今はMマテリアルとの合弁会社の社長をしています。

或る日、部屋を借りたいと言ったので、何をするかと聞いたら、パソコンを開いて、電話でこれから会議をすると言って英語で行っていました。かなり上達していました。

数年後、直ぐ近所にN航空のキャプテンをしているSさんが居り、息子は目が大変に良く遺伝で、北斗七星の柄杓の中に星が沢山見える事を話したら、深須さんそれは惜しい事をしましたと言われました。彼の息子は視力が悪く、軽飛行機の免許しか取れないそうでした。それに学校を出て入ってこられても一人前になるまでは相当の時間が掛かると言われ、航空機がお好きで勉強されていたなら、何故私に教えてくれなかったのですかと残念がられました。

娘は相当な勝ち気で、小さいときはゲームをやっても常に勝っていないと大変でした。事件がありましたが、夫になるS君から電話があったので、君は娘を愛しているのかと聞くとはっきりハイ愛していますと言ったので、それでは娘を宜しくお願いしますと言いました。それで彼は感謝したようでした。彼は税理士の免許を持って事務所を開業しました。

私が米寿を迎えたときに、3人とも社長業を経験しているので、食事でもしながら話し合いたいと提案しましたが、出来なかったのは残念です。

●2度目の新築

丁度30年経過して、古くなったので、今度は以前とは別の住宅メーカーが外部からの火事に強い家を宣伝しているのを見たので、今度は3階建ての家に決めました。横浜の花火が良く見えましたが、風が強くて、考えていたバーベキューに、木炭が使えず電熱器を使うしかありませんでした。3階建てで立派な家だったのですが、子供が車を買ったので2台分のガレージが必要になりました。私がベンツの左ハンドルにしたので、息子の右ハンドルと並べると何とか入れる事が出来ました。

30年前に苗木を買った西洋杏が直径35㎝になり、美味しい実を50㎏も毎年つけたので、ジャムを作り近所に配ったりしましたが、家内は大変でした。

百貨店のM社で買った3000円の通称イチゴの木は、実を沢山付けました。その小さな木は面白い木で、最初は小さな提灯型の花が咲き、そのままにすると次にイチゴと色も形も全く同じ実を付けました。次第に大きくなって、2階まで届く様に成長しましたが、実は味が不味いので食べませんでした。

前の家の水道工事屋のYさんに双子の息子さんが出来たときは、娘が幼稚園の先生の免許を持っているので、時々色々と面倒を見ていました。そんな関係で2度目の新築時には下水関係で面倒を見て頂き感謝しています。満6年経過しましたが、子供達は独立して、綺麗にしていました。最初1億円の値段が付いていましたが、丁度アメリカのリーマンショックで、どうしても欲しいと言ったTさんに6600万円で買って頂きました。

そして、駅から30ｍの所（車を毎日駐車していた跡地）に建築された26階建てのマンションを購入しました。建物は真南向き、東南の角で、天井が2ｍ60㎝（一般には2ｍ30㎝）と高く気持ちが良いです。上の方が欲しかったのですが、家内が高所恐怖症でなるべく低い方が良いと言うので、クリスチャンではないから、26階建ての真ん中ぐらいの階にしました（10階以上がマンション）。

兎に角便利な所で、駅とスポーツジムとマンションが50ｍの正三角形の頂点にあって、銀行が4行、コンビニは5～6か所全て200ｍ以内にあって、スーパーは1階に、2階には食堂街と薬屋があり、3階には4軒の医院、一番遠い郵便局が300ｍと全て揃っています。

雨が降っても駅まで傘は要らず、隣の人は駅から地下街でつながっているので傘は持たずに出勤しています。

東日本大震災でも、100ｍ東側のデパートと4棟の高層マンションは停電で30階まで大変でしたが、こちらは300ｍ先の消防署と鉄道の信号機のラインが同じなので、幸運にも停電はありませんでした。年を取るとマンションが便利で最高です。駅が近いので、空きが出ると直ぐに次の人が入ります。買った値段より10～20％くらい高値で取引が出来ています。

東南の角なので、天気の良い日は冬でも20度以下にはならず、殆ど暖房は点けません、夏は東と南の窓を少し開けておけば涼しい風が入ります。

買いたい人が不動産屋に登録するので、いつも売り物を探しているパンフレットが入っています。最初に買うときに妻が、「娘と妹にも買わせたいので、娘に頭金3000万円を渡して欲しい」と言ったので、現金の束をテーブルに置いたら持って行かれましたが、娘が、あれはおばーちゃんのお金だと言い張ります。

妻がその様に言ったのでしょうが、それ以来娘とは喧嘩状態になって仕舞いました。皆が同じビルに居るので便利です。相続のときを考えて息子には話していませんし、証拠が残らない様に領収書も貰いませんでしたが、それは一世一代の私の失敗でした。3万や30万なら兎も角、3000万円という大金なので、相続の時に揉めない様に考えたのですが、それは失敗でやはり銀行振り込みにするべきでした。。

●私が資金を確保した方法

丸紅のときに、Y生命の品の良い小母さんが主人を亡くされて同社に入ったと言って商談に来ました。親戚や友達には一切頼まず深須さんが初めてですと言うので保険を契約しました。ミスファブリックを設立後、2年くらいしたときに彼女が、もう年なのでやめますと言ったので、お祝いとして2億円の終身保険に入りましょうと言うと吃驚されました。常務以上の面会が必要ですが協力して頂けますかと言われたので、新宿の本社に行って医者の診察を受けました。数日すると、診察の結果があまりにも良いので常務の面接は要らないと言われ、現金で600万円を支払って契約が完了しました。

これは誰にも話していませんでしたが、最後に解約したときに大きな金額が入りました。その一部を娘に渡したのです。

●商社のスケールの差

取引先への部長の与信限度が、丸紅は5000万円で、○井物産は5億円と前述しました。後日、繊維問屋S社に対する信用限度申請をしましたが、なかなか決まってこなかったので、Y取締役部長に話すと、いくら申請したと言うので1億円と言ったら、それは課長から直接審査部へ行くから、5億円以上でないと僕の所へは来ないので、課長から直接審査部に督促する様にという返事でした。そこで課長に話をした結果、解決しました。

●丸紅からの情報

目の当りに課長連中の落胆ぶりが分かりました。T君が部長を連れて得意先のS社に行くと相手の社長の前で、取引が出来るのは君の力でなく丸紅という会社名で取引が出来ると言われ、愕然としてやる気をなくしたそうです。取引がテレックス中心であった部長には、国内の人間同士の感覚が分からない様です。

●N課長（洋服の裏生地や芯地などを取り扱う副素材課）

私が退社した後、暫くして二つの婦人服地課が廃止されてこの副素材課に併合されました。部課長会議で婦人服地の不振を突かれたときに、N課長から、深須さんがやめられたので商品が売れませんと言ったら、酷く怒られましたと言って来ました。私に婦人服地の仕事を教えて下さいと言われました。

そこで、教えると言っても東京市場は人間と商売が一体になっているので、まず人間関係を作りなさい、そうすれば取引は向こうからやってくるから頑張りなさいと言ってやりました。大阪の場合は相手の会社や役職で、比較的簡単に取引が出来るが、東京はそうはいきません。貿易部でテレックス取引が主体だったS部長が来て、部下は可哀想で気の毒でした。その後の情報で、部長は首に腫れ物が出来て亡くなった様でした。

●靴と灰皿

福井の大手産元X社が会議のときに意見が合わず怒った上司が靴を投げてきたという話をしていたら、靴なら未だいいよ、うちでは灰皿が飛んで来たよという話を○井物産の課長が部長会から聞いた話をしました。

●今から40年前（1982年）コンピュータの導入

取引がどんどん増えてきて、3年目に○井物産がコンピュータシステムを導入して下さいと言ってきたので、30坪の事務所に引っ越しました。昭和通りに近いので、自分達で行きましたが、コンピュータ会社RU社（現在のU社）から人が来て、結構大きな機械（オフコン）で吃驚しました。紙ばかり沢山打ち出していました。

伊豆にRU社の研修所があって、私が呼ばれて行ったときに吃驚したのは日本に初めて導入した真空管のコンピュータが4・5畳くらいの部屋一杯に鎮座していた事です。20人くらいの会食の後に、一人ずつ意見を言えと言うので、今のコンピュータは膨大なメモ用紙を発生させる機械ですね？と言ったら皆が笑いました。

この程度のオフコン内容なら30年後には腕時計に入るのではないですかと言ったら馬鹿にされましたが、機械を入れ替える毎に大きさは3分の1になり内容は300倍になりました。途中からパソコンに切り替えましたが、現在のノートパソコンは4畳半の真空管コンピュータの100万倍、いや、それ以上の能力があるかもしれません。

3回目も事務所を引っ越すときに場所が近いので、コンピュータ一式の移動も自分で行いました。

本来、機械の移動はU社に話して専門の業者に依頼するのですが、一般の業者に依頼したら、機械のコードをペンチでバッサリと切られて仕舞い困りました。ラジオ製作の知識が少しあったので何とか復旧出来て、全部正確に繋げる事が出来てホッとしました。

キロがメガになり、ギガになり、更にテラになり、量子コンピュータが一般的になったら、ゼタバイトが1兆の10億倍、更にその1000倍のヨタバイト（1兆の1兆倍）になって、人間のやる事は何になるのでしょう。

近年の科学の世界は進歩の速度が放物線的に速くなるので、ヨタの時代には今考えた事が直ぐに実現する時代になるかもしれないですね。生きている間に実現するかもしれません。そうなってほしいですね。

最近の日経新聞で感心した事があります。AIが81枡の将棋に勝つ事は直ぐに予測出来ましたが、碁は361枡あり、碁石を置くところは400か所あるので、勝つのは相当に先になると思っていたら、簡単に達成して仕舞いました。

更に、チェスの世界一のカスパロフさんが1秒間に2億手先まで読み取れるAIに僅差で敗北して動揺しましたが、そのとてつもない計算力を持つコンピュータを創り出した人間の創造力を賞賛したというニュースです。僅差という事は、彼の記憶力は相手の手に対して最善の手を全部覚えていたという事で、とてつもない記憶力です。

●オフコンからパソコンに変更

オフコンは言語が難しく手に負えないのでRU社からその都度人が来て大変でした。

そのうちに、RU社の仕事を受け持っている人に聞くと、なんとRU社は2倍の手数料を取っている事が分かりましたので、以後はNさんとダイレクトに話をする事に切り替えて運用をしました。パソコンが出始めたので、自分で使う用に購入しました。最初に購入したパソコンは、今では考えられない値段で、1台が75万円でした。毎日の様に電話で操作方法を聞きました。

●ソフトウェア専門のOS社

○井物産の仕事をパソコンに切り替える為、最初から全部作り直すので、ソフト構築専門の会社OS社のG社長と知り合って相談しました。生地の買い付けから染色の委託加工業務と染め上がり品の販売を一貫して出来るソフトを開発しました。このソフトはミスファブリック専用ですが、他の社にも販売しても良いという条件で、2000万円を1200万円に値切って契約しました。

G社長は、創業するときに国から5億円の資金を受け取って事業を始めたのですが、最初は眠る暇がなかったそうでした。2年後に、OS社がミスファブリックのシステムを他に使える会社を探したら、上野に海苔を加工して販売している会社がちょうど使えるのでそこに売って、元が取れたと言われました。

●倍倍ゲームで発展

初年度は、自分の給料を丸紅時代の半分の年500万円にしたら、5万円の黒字でした。私が独立した事で、浜松は勿論福井から産元や機屋、尾州から毛織物の機屋さん、米沢、桐生から高級品の機屋さんが次々に来社されて賑やかになってきました。繊維産地を50社程回って協力をお願いしたら、1社以外は皆商品を出してくれると約束して頂きました。その1社は、仲の良い岐阜のN商店のN専務で、〝丸紅の〟が取れて仕舞ったからなと言っていたのに、翌年になって取引したいと言ってきました。

設立10周年の記念に、取引先のお世話になった方に記念品をと考えて家電メーカーに電話したら、前年の髭剃りが500個あると聞いたので、安く購入して配ったら、結構喜ばれました。

●ハワイ旅行

社員が10数名になったので、記念にハワイに社員旅行をしました。旅行会社を使わなかったので、大変でしたが何とか無事に旅行が出来ました。

取引先のMR社のO氏と福井の産元のW氏が一緒に連れて行って下さいと言うので同行しました。ゴルフ旅行みたいなもので、女性達にも前もって近所の室町のビルの屋上で少し練習をさせておきました。ミリラニゴルフクラブは雨の後だったらしく、芝生が濡れていました。所どころ靴がもぐって仕舞ってやり難かったです。

コオリナゴルフクラブは感じが良かったです。女性は実際のコースでは飛ばないので先に行かせて、200ヤードくらい行ったところで、後ろから大声で、「ゆくぞー」と声をかけてコースの横に外してから男性が打ちました。2日間とも天気が良くて面白かったです。

旅行は問題も幾つかありました。初日に女性の一人が飲みすぎて、ダウンして仕舞った事件がありました。〇菱商事のO氏が帰り際に、バスの中にパスポートを忘れたと言いました。さあ大変、翌日は土曜日で見つからなければ月曜日までハワイに留まらなければならない事になり、何としても取り返す必要がありました。直ぐにバス会社に電話しましたが、運転手が未だ帰っていませんでした。当時は携帯電話が未だないときで、仕方なくO氏だけ外に残して全員を中に入れ、私は方々に連絡をしていました。

飛行機に乗る直前になって、アナウンスで私の名前が呼ばれました。ラッキーな事に、運転手さんが座席にあるカバンを見つけて中を見るとパスポートがあったので、空港に引き返して持ってきてくれたのでした。パスポートを受け取って礼を言い、直ぐに外の指定しておいた場所に行くと、彼がしょんぼりとベンチに座っていました。パスポートを渡すと物凄く喜んでいました。無事全員が乗る事が出来てほっとしました。やはり旅行会社を使わなければまずいと分かりました。

●義理堅いＴＲ社と組んだ事

ポリエステルの３大服地であるデシン、ジョーゼット、サテンのうち、デシンを各メーカーから合計10種類も取り扱っていたので、私の命令でＴＲ社の＃８０１２というデシンに集中させたところ、各月３０００～４０００匹（20万ｍ）を取り扱う様になりました。ＴＲ社の子会社の様な大取引先である繊維商社Ｃ社でさえ、ＴＲ社に注文すると、それはミスファブリックに全量売約済みなのでミスファブリックから買って欲しいと専務になられたＭ氏に言われて、うちに買いに来ました。ＴＲ社は、大変に義理堅いと思いました。

●ＴＲ社の社長交代

技術畑の出身でしたから、繊維業界にはあまり知られていないので、豪勢な社長交代のパーティーがありました。名刺交換したら、私の苗字を見てこれは由緒ある苗字だなと言いました。会場には○井物産、○菱商事、ＩＣ商事の社長以下数人の役員が出席しましたが、丸紅はＮ課長が一人だけでした。

●K君の成功と苦難と再成功

丸紅を卒業してI社に戻ったK君は、横浜のファッションブランドを得意とする染工場のY社と仲良くなり、勉強したプリント服地の製法と販売（生地の仕入も）をそっくりと地元に持ち帰って仕事をしていました。糸商の利益は微々たるものですが、服地の利益は相当に大きいのでI社の古株の社員達は吃驚した筈で、忽ち主導権を握ったと思いました。私としては、丸紅の今までの悪い習慣を断ち切って良い習慣を作りたかったので、彼には成功して欲しかったです。

更に地元の機屋さんに糸売りよりもアパレルに売る服地を注文して、今までとは全く異なる仕事を始めたので、次期社長の地盤を強固なものにした筈です。ただ、一つの失敗は、S社にも服地を販売して仕舞った事で、倒産にあって仕舞った事でした。仕方なく破産手続はしたものの、彼は努力して盛り返して立派に成功しました。

以前に、彼に中国の「木」の話をした事がありました。或る友人が困って金持ちを訪ねたときに、腹が減ったら庭の大きな木の隣に小さな木があるから、その葉っぱを食いなさいと言われ食べたらあっという間に空っぽになって仕舞った。友人に話すと、今度は隣の大きな木の葉を食べろと言われ食べ始めたら、いつまで食べてもなくならないのを、はっと感じて友人の元を離れた。数年後に彼は立派になって友人を訪ねたそうです。

K君はこの話を覚えていて、私に言いました。お金はある程度の額に達すると使ってもなかなか減らない事が分かったと。彼とは今もお付き合いをしています。産地の美味しい果物を贈って頂いていますので、こちらも有名な産地の食物を贈っています。彼は私を囲む食事会のメンバーです。

●自分の洋服

私は、ミラノに来る度に、丁度自分の体型に合うのでスーツを購入していました。ゲルマンやアングロサクソン系の洋服は１７９㎝の私にも大きすぎて、丁度良いサイズが少ないからでした。ネクタイはお土産にも出来るので毎年10本以上は買ってきました。

●台湾からの輸入

ＹＣ社の部長に台湾のベルベットを買いに行かないかと誘われて出張しました。Ｒ董事長（社長）とＣ専務との取引で、専務は日本へも時々出張してきました。商品クレームが付いてもなかなか保証をして貰えないので、次回の商品を値下げさせると、外国為替法違反になるので苦労しましたが、傷のある商品に捺染加工をして、更にそれに皺加工を施して傷を見えないようしてから値下げをさせて解決しました。専務は日本のＭ大学卒業なので日本語は上手でした。台湾商品は6年間に亘って取引を行いました。

董事長は、優しい人で、北限の海近くにある立派な別荘に招待された事もありました。専務のＣさんの家に案内されて驚いた事は、大きな壁に棚が作ってあって、そこに世界中の有名なブランデーが、ぎっしりと２０００本ぐらい詰まっていた事です。海外出張の度に買い集めていると話していました。家の入り口は鉄製の扉で、カギが掛かっていました。台湾の良い家は皆そうしているそうでした。

休日にCさんが、日本の有名俳優石原裕次郎が見つけた「おっぱい海岸」を見に行きましょうと言うので、皆で出かけました。海岸にある大きな石が皆、丁度女性の乳房の形をしていて、乳頭もあって、現地の女性達がカメラで写真を撮りましょうと言って盛んに宣伝をしていました。

董事長が、新工場を建設したので、そこに日本の半自動捺染機を導入したいと言うので、機械メーカーとの販売権を持っている横浜の染工場の社長を伴って出かけました。新工場は台湾の北端の海岸近くに建設されていて、住民の反対にあいましたが、R董事長が説得したそうでした。

●HM社との取引

プリント服地で独特の感覚を出して業績が伸びてきた会社なので、是非取引をしたいと思い、社長に私の方式で商品の仕入れをすると数パーセント安くなる文書を送ると、面会する事が出来ました。

N部長を紹介されて話を進めると、お互いに意見が合って取引が始まりました。IK社という大手アパレル中心に販売していました。或るとき、彼個人の相談を受けました。

突然彼が〝私は実は女性に対して甘いのです。付き合っている人が妊娠して仕舞って、堕胎する事に話が出来たが、費用とその他で60万円が必要になりました。こんな事を相談出来る人がいないので、恥を忍んでお願いに来ました〟と言われました。

勿論援助しましたが、直ぐに返して来ました。どうも相手は社内の人で、社長にばれたらしく、費用はどうしたかと聞かれてミスファブリックの社長にお願いしましたと言うと、何故わしに言わないのだと叱られたそうです。

●○井物産との人間関係

手を組んでから色々な人と関係が出来ましたが、一番上は明治の元勲のお孫さんT部長で、課長時代に最初に百貨店M社にフランスのブランドＰＣ社の商品を紹介したのが始まりで、次々に海外のブランドを日本へ紹介して規模を拡大していました。それが切っ掛けで服地も相当量を扱って、それで一時は海外の主要な有名ブランドは、○井物産の独壇場でした。

彼が部長のときは私も丸紅の部長（次長）でしたが、大変に立派な方でした。背も１８６センチあり、素晴らしい紳士で、後に副社長になりました。

つい先日、○井物産の秘書部に電話すると調べてくれましたが、残念な事に昨年亡くなられたと返事がありました。S副社長、T取締役部長、O部長、S部長、パリからのS課長。彼は、素晴らしい人で遊び人でもありました。部長が密かに愛していた近くの女性と仲良くなってニューヨークに連れて行って生活をしていました。自分は大手アパレルのR社のニューヨーク支社を任されて活躍していたようですが、いつしか日本に戻っていた様でした。その他、50名以上の良い社員さんとお付き合いがありました。

●イタリアの婦人服ブランドP社

○井物産のなかを歩いていると、S部長（後の副社長）に呼び止められて、今度イタリアから婦人服ブランドＰ社を導入した。先ずTシャツを作るのでニット生地にプリントをして生産して貰えないかと言われました。生地は用意したので、プリントをして下さいとの事でした。
○井物産の買った生地を見て驚きました。30番手単糸で生地が斜行しており、知らないとは怖いもので相当高い値だったのです。和歌山の安物を高く売りつけられていました。柄の色が素晴らしく綺麗なので、京都の染工場ではくすんだ色が多いから、ハンカチーフの輸出が得意な横浜のTYプリントに染めを頼みました。イタリアではローマでお土産として売っている安物でしたが、日本でそれを高級化しました。

一般にTシャツは白地のまま縫製してから、顔料（ピグメント）で染めるので安っぽいですが、TYプリントに頼んで染料で綺麗に染めたら大変に評判が良かったです。2年目からは生地の手当てから全てを私にさせて頂かないと良いものが出来ませんからと言って全てを任せて頂いたので、単糸使いの安物ではなくて60／2双糸に替えて、しかも価格を10％下げました。

2年目からは、デザイナーがN氏に代わって一層良くなり、百貨店M社にもエスカレーターで上がった直ぐの所に陳列をさせて頂きました。

N氏の才能が素晴らしく、私の提案する生地と良くマッチしてかなりの売上になりました。彼から、うちに来る時間がなくなったので担当者を付けて欲しいと言われたので、T君にそれまでの資料を全部渡して仕事を任せたら、評判が良かったです。十数年間も継続出来たので良い取引になりました。

●ミスファブリック廃業を決意

一時は後継者を探しましたが、仕事があまりにも特殊でしかも繊維業界の将来の見通しが良くないので、私一代で終止符を打ちたいと考えました。
繊維産業は川上から川下までの工程が長いのですが、案の定、それから数年後には、最盛期から見ると、ファイバーメーカーは良いが、中間業者の機屋は10分の1、染工場も同じ程度になって仕舞い、更にアパレル業者も製品の輸入が増大して、苦難の時代になって仕舞いました。
アパレル最大のR社が破産し、多くのアパレル業者が姿を消して仕舞いました。かつて不動産に手を出した事が理由で破産した繊維問屋S社も破産しましたが、一世を風靡したYC社も規模が10分の1になり、創業は丸紅と同じ時期の繊維問屋I社は殆どの不動創業産を売却しましたが持ちこたえられず、T商事に吸収されました。その他の問屋も皆縮小を余儀なくされた為に、問屋が集合して出来た年金機構も閉じられて、私の年金も年130万円消えて仕舞い国民年金だけになりました。

ミスファブリックも、毎年約1億数千万円の人件費を払っても何とか継続してきましたが、2008年10月の決算が初めての赤字になり、その上100年に一度の大不況と言われ、特に高級婦人服の売れ行きが極めて不調になったので、これ以上は事業の継続が不可能と考えて会社を閉じる事を考え始めました。それに繊維事業自体の近い将来は間違いなく衰退するであろうと考えていたからでした。

ただ、一つだけ生きる道はあると思いました。それは丸紅に入ったときに、父親がお前商社の繊維部に在籍しているなら着物と婦人ドレスの混合を考えたら良いと言った事です。今から70年前はそんな事は夢みたいだと思っていましたが、パリコレを見ていると、生地の発想がやや着物の生地に近づいてきた事に気づき、デザイナーのT氏がオートクチュール専門の生地を京都支店に作らせているので、彼に相談して実現すれば成功するかもしれないと思いましたが、自分の年齢を考えて相談するのはやめました。

着物は着る人が居なくなって売却すると二束三文になりました。

最近街で、着なくなった着物をドレスに作り直して着ている女性がちらほらと見えます。作り賃が高いので自分で裁縫しているそうです。一点物を得意なT氏に相談したら実行していたかもしれません。

●先ず社員に対して

腹を決めて、全員に会社を閉鎖する事を告げました。仕入先が心配する事を考えて、外部に漏れる事は分かっていましたが、それでもなるべく情報が遅れて伝わる様に考えて、外部には未だ話さない様に頼みました。然し、W君だけが一人に発表して仕舞いました。福井の弱小産元業者が1社だけ押し掛けてきました。毎月末に送金しているから帰れと言いましたが、ごねたので直ぐに支払いました。W君は彼と組んで会社を立ち上げたそうでした。

●7月末に500社の仕入先に別紙の休業届を発送

予期した通り、主要仕入先から面会したいという話が出始めたので、時間を決めて順次会う事にしました。会社設立以来、仕入・売上ともに全部現金決済を行ってきたので、問題はありませんでした。2009年5月で全ての債権債務の回収と支払が完了しました。

全部が長期借入だった銀行の借入だけが残りました。A君とW君の取締役2名が続けて退社しました。2009年3月で全社員に退職金を払って退社させて、独立したい人は商権を与えて独立させ、転職したい人は転職させました。女子社員1名を除いて全員が再就職出来ました。

●メガバンクに相談に行く

返済が出来ないので、M2銀行へ支払不可能になるからと相談に出かけたら、懇意にしていた支店長が、それは困りましたね。でも例えば1年間返済をやめれば未だ会社はやって行けますかと言うので、まあそれは出来る方法があると思いますと返事をしました。

再建策はあるかと言われたので、以前に多少助けた友人のK氏が、上海の工場と日本の工場とを組み合わせて活用をすれば良いと言っていたので、新規計画として相談に乗って貰う事にしました。彼はコンピュータシステムのプロの技術者で、縫製についても既に中国で成功していました。

彼の努力で、ブラウスの各パーツの直線部だけ中国で縫製した半製品を部品として輸入し日本で完成させると、完成品は日本製になる事を知り、総務省の許可を取って頂きました。

取り敢えずブラウス3000着を実施して成功したので、これなら上海の工場が使えて仕事になると思いました。

●東日本大震災で再建中止と事務所の変更

ところが、大地震で東北の縫製業者2社の工場が全部流されて仕舞って万事休すとなりました。

見本を入れてあった書庫（ロッカー）が約200本ありましたが、業者に始末して貰うと相当の金額を取られるので、関係先に貰って頂く事にしました。

友人の中里さんが率いるMN社が一番多く引き取って下さったので助かりました。その他の取引先にも配ってかなり少なくなったときに、専門の業者に連絡して整理をしました。

●優しいメガバンク3行

主力取引銀行3社には、1年1か月の間月額50万円の利子だけを支払い続けていましたが、いよいよ資金が底をつきました。

M2銀行へ廃業の報告に行ってから丁度2年経過したところで、話があるので時間をくれと言われ、約束をして会社に来て頂きました。

何を言われるのかと思っていたら、これは銀行が言う事ではないがと前置きしてから、社長は良く頑張っているが、資金がなくなるでしょう。これ以上返済は要求しません。と言われたので、如何すれば良いかを尋ねると、サービサーに貸し付けを売却します、昔と異なり当社の子会社なので紳士的な取引ですから心配は要りません、今後そのサービサーとの交渉になりますという事でした。

その上、私の今後の生活の事まで考えて下さって、個人保証が入っているので、銀行の預金を借入のない銀行へ移しなさいとまで忠告をしてくれたのには驚きました。まさかそこまで言ってくれるとは思ってもいませんでした。

この話は、10坪の小さな事務所で聞いて、家内も聞いていたので吃驚したようでした。

M3銀行へ報告に行きました。支店次長と当社担当の課長代理が待っていて、いつもの立派な応接間に通されました。約1時間、今までの私の丸紅時代の事、稟議の事を話したら、銀行と良く似ていると言って笑いました。会社を設立したきっかけと、〇井物産との業務委託取引、M1銀行の為替の話等、ざっくばらんに話をしました。
銀行としては、利子の支払いが止まった時点で期限の利益を消失するという書類を発送すると言われました。部長は長い銀行生活で、この様にわざわざ説明に来たのは初めてで前例がないとも言われました。私に対しては非常に鄭重にしかも優しく対応をして頂きました。

その翌々日に電話があり、これから伺うからと言われて待っていると、次長と課長代理が来て、個人の口座も凍結しますから対処をして下さいと言われました。そのときに年金も止められますかと聞くと、年金を止める事は出来ませんが、今までの口座は停止しますと言われました。
そんな話なら電話で良かったのに、わざわざお越し頂き申し訳ありませんと言ったら、いや失礼のない様に来ましたと言われて恐縮しました。

M1銀行は既に子会社のサービサーに移行してあるので、訪問して話をしましたが、やはり他行と同様鄭重に扱って頂きました。

TC信用金庫が本店次長を連れて、担当の課長代理がやってきましたが、大体同じような話になりました。帰り際に次長が、有難うございましたと言われ、別れ際に次長は私に対して、実は社長は会ってくれないのではないかと思っていたと言われたので、そんな失礼な事はしませんので、いつでもお会いします、それよりお呼び頂ければいつでもお伺いしますと返事をしました。

信用金庫は金額が他の企業と比較して大きいらしく、メガバンクより手間がかかり東京地方裁判所にも行って話をしましたが、結局裁判所はお互いに話し合って解決して下さいという事で、その様にして解決しました。

保証協会だけは、国が行っている機関なので、どうにもなりませんが、合繊大手TR社の副社長に相談すると、あそこはいざというときに何もしてくれないので、放っておけば良いと言われました。9600万円の保証料ですが、実際に30年間保証料金を1億円以上支払っていたので、国に実損はないと思いました。

それでもなお、毎月5000円を支払って下さいと言われ、その通り行いました。10年間経過したところで、呼び出されて行きましたが、うちからは言えないがと前置きしながら、個人破産して下さればそれで終わりになりますと言うので、横浜地方裁判所で手続きをしましたが、3分で全部終わりました。以上で、全て順調に会社を終了する事が出来ましたが、正直に真面目にやっていれば、銀行も応援して頂けると感じました。

●住宅の売却

旭化成ホームズが9000万円と評価したので売りに出したら、折しもアメリカのリーマンショックで思う様には売却出来ません。不動産会社と何回も交渉しましたが、上手く行かないので、直接相手と面会させて貰い、結局5600万円で決着しました。5000万円を銀行に按分して返済しました。

●会社整理用の事務所

既に退職していたA君と再建策でお世話になったKさんにお願いして書庫を10本運んで貰い、家内と最後に残った女子社員Tさんを連れて引っ越して残務整理をしました。毎日毎日書類のシュレッダー作業ばかりさせていました。

10年後に破産手続きを横浜の弁護士会から紹介された大船の弁護士さんに依頼したら、もっと早くやれば毎月の５０００円も支払わずに済んだのにと言われましたが、10年前は破産に３００万円掛かると言われ実行するのを諦めて月の５０００円にしましたと言いました。A君から電話で、ミスファブリック倒産と出ましたが、クレームを付けましょうか？と聞かれましたが、痛くも痒くもないのでほっておきなさいと言うと、そうですねと言われました。

●一般の常識

企業は30年が限界で、例えば大企業でも光学機器メーカーのN社がカメラだけ、文具メーカーのM社が鉛筆だけやっていたらどうなっていたかを考えれば分かると思います。

但し、特殊な技術を持った企業は、同じ事だけを改革しながらやって最後まで残ると、１社だけになっても世界一になると思います。婦人服地専門のメーカーMN社はまさにその例外で世界一になったと思います。こんな会社と親しくなれたのは本当にラッキーでした。中里昌平さんには感謝しています。これからもよろしくお付き合いをさせて頂きたいと思っております。

然し、人間万事塞翁が馬で、そのまま継続していたら、繊維業界の衰退と共に大変な事になったと思います。○井物産が繊維部を縮小したり、後になってＹＣ社の東京支社の２００億円あった売上も20億円に縮小したりした事を考えると、良いときに会社を収束したと思います。未だやめなくても良いではないかと数人から言われましたが、30年が限界と考え年も喜寿でやめる事にして、仕入先５００社に休業届を発送した事は正解だったと思います。

●工業用ミシン

私も新商品の裏にゴムを発泡させたものを張り合わせた服地を売り込みに行ったときに、先方の縫子さんが、この生地は進まないので縫えませんと社長に言ったので、私が代わりに縫ってみました。私も工業用は初めてなので、車の運転の様にゆっくりと、生地の前後を引っ張って滑る様に縫っていくと、社長が商社マンの深須さんが縫えるのにお前が縫えない筈はないと叱りました。私が裏にゴムが張ってあるので、初めは生地の前後を持って引っ張りながら縫って御覧なさいと言うと、彼女は直ぐに縫える様になり、売り込みに成功しました。

●もう一つ今思う事

デザイナーに会社経営を任せない方が良いと思います。一番良い例が、丸紅が応援して一世を風靡したものの潰れたＶＪ社で、大手のＭ商社は結局６００億円の債権を失って取締役本部長が左遷されて仕舞いました。

私が任せた㈱アラミドも同じで、Ｓ君に任せたら最初は利益を出しましたが、製品の型代金の1億円を資産勘定に商品として計上していたのです。これは価値のない物で損失になり、完全な粉飾でした。全てミスファブリックを経由した決算だったので、結果はミスファブリックの大きな損失の元になりました。

一般に、プリント服地に使用する図案代を償却して商品として資産に計上するのは避けた方がいいです。えてして粉飾決算に使われる事があるからです。

然し税務署の見方は異なり、資産に計上すべきと言います。ゴミとして破棄すれば良いが、場合によっては小花柄の注文が来たときに保管してあった図案の中から適当な小花の柄を使用する事も出来るので、そのときは図案代がタダになるので利益が余分に出る事になる。それを税務署は指摘するのですが、その様な機会は極めて少ないのです。YC社で税務署からこの図案代を指摘されたときに、皆でその図案（スケッチ）を税務署員の前でびりびりと破ってゴミ箱に廃棄して価値のない事を証明したそうでした。

YCマネキンが利益を上げ続けたのは、大きなデパートが使用するガラスケースや人形は償却して、法律によって2割を計上すれば税務署が認め、連続して償却すれば殆どタダになるから儲かるのでした。

4．その他の貴重な体験と重要な治療問題

●人口問題と教育

①75年前、私が中学生時代に教育された事は、50年前、即ち今から数えて125年前には、欧米で人口が増えずに困っている国々がありました。そして、当時のご婦人は人前では性の問題を公然と話す事は出来なかったそうでした。そこでアメリカ政府では3S教育を勧めたのでした。即ち、スポーツ（Sport）、映画（Screen）、そして性（Sex）です。

②丸紅の課長時代に、意匠室に『夢は夜開く』で有名になった藤圭子さんと瓜二つの女性Aが居て、大阪に出張させたときに、高校生数人からサインを下さいとせがまれたのですが、一緒にいた女性（これが極めつきの不美人）が、ダメダメと言ってその場を逃れました。

婚約していたAさんとKさんが私に、男女の産み分けが出来るかと聞いたので、まじめな質問なら答えると言うと、本当にまじめな話ですと言ったので、話を始めました。「女性の膣は強い酸性で出来ていて、一方の男性の精子はアルカリ性です。女性が興奮して満足すると、アルカリ性の液体が発生します。そこへ男性の精子が行くと男の子が生まれやすく、そうでないと女の子が生まれやすくなります」と言いました。すると課長もそ

うしたのですかと言ったので、勿論と返事をしました。すると、どうも有難うございましたと言われました。

Aさんが退社してから3年後、私が出張中に来社したらしく、Kさんから、彼女が来て課長から教えられたとおりにしたら男女を生み分けられたとお礼を言いに来ましたと報告がありました。

③北欧にゆくと、若い女性がポルノグラフをこっちの方が良いですよと堂々と説明をして販売しています。最初は吃驚しましたが、私は頼まれてコートのポケットに入れて、数回持ち帰りましたが、一度も没収されませんでした。

④北欧の学生は十八歳になると家を出て独立します。家に居ると学費が掛かるからです。卒業まで(同棲して)性の問題を解決し、そのまま結婚する人も居れば別れて他の人と結婚する人も居ます。老齢になった両親をみる必要もないそうです。25~26%の消費税のおかげです。

⑤大阪本社の繊維部へ出張したときに、部長が、K課長に対して、何を朝からぼさっとしているのだと言うと、その課長が、今朝家内と出会ったんです。それで疲れたんですわと言ったので、私が、Kさんそのときは30分で良いから熟睡してから起きると良いですよと言うと、おまはんもそうしているのかと聞くので、そうですと言うと、そうかええ事聞いた、今度からそうするわ、で一件落着しました。

⑥日本の男性はある程度の年齢になると、淡泊すぎるようです。欧米の男性は女性からの要求も多いせいか、ゆっくりと楽しむそうです。女性にとっては、男性とは異なり、この上ない喜びである事を考えて行動するべきですね。

⑦私の場合は、家内がある朝、あ、忘れたと言ったので、何がと聞くと、昨日が排卵日だったと言ったので、今からでも間に合うよ、但し女の子だよと言うと、それが欲しかったので丁度良いと言いましたので、1時間くらい眠っていなさいと言いました。それで娘が生まれました。私はもう一人男の子を生んで貰ってから女の子をと考えていたのでした。

⑧180人いた代々木の独身寮で、同部屋になったH君が所謂エロ本を沢山持っているので、何処で買うのかと聞くと、これは全部お袋が持ってくるのだと言いました。母親の性教育でした。

⑨そのお母さんが、深須さん男の人は時々遊びたくなるのですが、これは生理的にやむを得ない事です。従って独身のうちに十分遊んでおきなさい、もし結婚してからそういう事になったら、こっそりと絶対に奥さんに分からない様にしなさいと言われました。亡くなられたご主人にかなり苦労をされたようでした。母親が愛情を注いだ彼は良い男でしたが、残念な事に酒に酔って屋上から転落して、亡くなって仕舞いました。屋上には人の肩ぐらいの囲いがありましたが、その上に座っていたらしかったのです。不慮の事故でした。

⑩当時、13年もインドに勤務している同僚の社員が、インドがやたらと子供が多いのは娯楽施設が少ないので、夜になると始めようかとなるのが原因の一つと言っておりました。

⑪アメリカの教科書?を見た事がありますが、オナニーの正しいやり方が斜め上から見た写真入りで説明されており、男性は片手に綺麗に畳んだタオルを持ちもう片方の手で隠して、あまり度が過ぎない様にと、女性はタオルを置きその上から手を添えて中指の第一関節が内側に折れているでしょうと、そしてあまり深く挿入しない様にと解説してありました。

⑫現在腑に落ちない事が行われております。それはご婦人が利用なさっているホスト事業です。男性が利用する制度はドイツが行っている公娼制度ですが、日本では犯罪になります。男尊女卑が逆になり女尊男卑です。

⑬数年前に浜松から来たある産元の社長（仲人）から面白い話がありました。それは叔父さんの話で、いつになっても夫婦関係がしっくりしないのでした。詳しく聞き出すと夫婦の営みが出来ていなかったのでした。お互いに方法を知らないのでした。叔父さんに一晩貸すかと冗談を言いながら昔の春画を渡したそうです。相当昔は何も知らない娘に春画をこっそり渡した母親が居たそうです。

⑭制度はありませんがドイツでもフランスでも自由です。フランスのある銀行の頭取さんが自分の母は娼婦として自分に大学を卒業させてくれたと公然と発表。公娼も立派な職業です。日本もそうなれば⑬のようなことは

ないでしょう。

●病気の話と継続している健康法

前述の小学校の校庭で、質実剛健と言われて、全員上半身裸になり、当時は女性も未だ胸がふくらんでいなかったので恥ずかしがらずに、12歳まで毎朝乾布摩擦を行っていました。中学に入ってからは、毎朝冷水摩擦に切り替えて、92歳の今日まで継続は力なりで肌も艶があります。現在まで約80年間欠かさずに実行しています。

●眩暈

76歳の秋に急に眩暈がして会社で倒れて仕舞いました。会社の椅子を並べて横になっていたら落ち着きました。S社長に教えて頂き横浜の病院に日本でそこだけ眩暈を治す医者が居ると聞いて、電話をしたら3か月後に予約が取れて初めて入院する事になりました。病室は一番良いところと言ったら、入院の部屋代は1日5万円でした。4日間の入院で30数万円取られましたが眩暈は治りました。入院と言っても、先生からは部屋に帰っても寝ない様にと言われて、まるで運動部の合宿練習の様でした。

●左耳の聴力を失う

この病院の耳鼻科に眩暈治療で行ったときに、急に左耳が聞こえ難くなりました。先生が、うちにはないので出来ないが高圧酸素室に入れば治ると言ったので、インターネットで探すと、北海道と東京の大学病院にある事が分かったので、お茶の水の病院に行って酸素室に相談すると、うちの耳鼻科を受診して下さいと言われ、入れてくれません。耳鼻科を受診すると、ＭＲＩがないので近くの専門機関に行かされました。然し、混んでいてなかなか予約が取れず、結局1か月掛かって仕舞いました。先生に何歳くらいの脳ですかと聞くと、30歳くらいかなと言われ嬉しくなりました（実際は60歳）。

その結果を持って酸素室に行くと、これは手遅れです。１か月前なら良かったがもう無理ですと簡単に言われました。発症してから数日以内に酸素室に入らなければ治らないそうでした。酸素室に入れませんという断り賃が５００円と言われたので大喧嘩になって仕舞いました。調停委員が来て無事に収まりましたが、金輪際こんな病院には来るものかと思いました。

●歯科医のSクリニック

銀座にある歯科クリニックを訪問すると、S先生がどなたの紹介で来られましたかと質問をされたので、歯科衛生士の友人からと言うと、アンケートの治療の用紙を寄越して記入する様に言われました。治療を受ける方法が5種類ありましたが、一番下の「医者に相談しながら」にチェックをしたら、それは保険が利かない治療でした。先生に、治療で何年持ちますかと聞いたら、一生持つと言うのでお願いしました。金歯40年以上ビクともしません。

S先生の話では保険治療では一日に15名以上診ないと採算がとれないそうです。その為にハカイシャとなってしまう事が多いそうです。その為にアメリカではものすごく高いのです。

前歯3本を両側4本で支えてブリッジにして、奥歯も上下左右で8本セラミックと金で継歯をしました。私の奥歯は、通常は根が3本ですが、昔の人間なので4本ありました。その歯の根を手の指でドリルを回して掘り下げるので時間が掛かり、多いときは4時間も掛かり眠って仕舞いました。先生の指は大きな肉刺《まめ》が出来ていて、丁寧な医者はドリルを使わずに手で掘り下げて行くのだと説明をされました。

約6か月掛けて治療して頂きました。途中から、ブラジルから夫婦で日本に研修に来た女の先生が治療をされましたが、自分の大きなバストに私の頭をのせて押さえながら治療したので、大変に良いクッションでした。ご主人はと聞くと、K大学病院で研修をしていると話していました。然し、或る時ドリルの先端が折れて、歯の中に残って仕舞いました。慌てて先生に相談すると、先生は、いいよ僕が取るからと言って交代し、ドリルを反対方向に相当な力で回しながら掘り下げて取り出しました。

治療費が全部で300万円掛かったと記憶していますが、先生に事業を始めたばかりなので、月賦払いにして欲しいと頼んだら、OKでした。一般の歯医者と異なって一日に3~5名程度の患者しか診ない先生で、保険だけで治療すると一日に最低15人は治療しないとペイしないそうですから、止むを得ませんね。

20数年経過して、電話をすると既にS先生は銀座には居らず、調べましたが行き先不明でした。仕方なく、家内が通院して良かったと言う日本橋の歯科に行くと、20数年経過しているこの治療は素晴らしいので、大事にして30年持たせて下さいと言われました。日本では8020運動と言って、80歳で20本以上の自分の歯（根）があると表彰して貰えるから大事にしなさいと言われました。自分は未だ24本残っています。

つい先日、Ｓ先生が世田谷区でクリニックを開いておられる事が分かったので電話をすると、40年ぶりに是非会いたいと言われて行きました。先生からは、ご自分の治療が正しかった事と私の日頃のメンテナンスが正確だったのでここまで元気な歯があると言われました。

下の前歯が１本グラついたので治療していますが、なんでも美味しく食事が出来るのが健康の元だと感謝しています。

ボイストレーニングの先生を紹介したら相当問題があると言われ治療中です。

●腰痛

前述しましたが、50歳のときに、腰の痛みでＫ大学病院の外科に行くと、レントゲン写真を見た先生は、これでよく生活していますね。数年すると全く動けなくなりますよと脅かされましたが、それから20年も物理的な療法で経過しましたが、問題はないので、医者の言う事はあまり当てにならないと思いました。現在はレーザー治療で、血を出さずに手術出来る様になった事がテレビで放映されていました。

2年前に日本で一番実績がある品川のＳＳ病院（本院は新横浜）へ行って手術日が決まったところへ娘と家内の妹が現れて、家内が認知症で面倒を見なければならず、日にちを変えて下さいとなって仕舞いました。その後いざこざがあって、とうとう2年が経過して仕舞いました。

結局、手遅れになり今も痛みで苦しんでいます。

今度は新横浜の院長が独立して、開業した横浜のＹＳクリニックへ行きました。良い先生ですが手術室が未だない為に、鎌倉にある病院の院長と親しいので、そこの手術室を借りてオペを受けました。加えて、その直前に眩暈で倒れたときに右肩の鎖骨を骨折したので、鎌倉の院長にオペを受けました。両方とも上手くいったと言われましたが、多少手遅れがあったのか腰の痛みは取れません。

肩の方はヴァイオリンの弓が横滑りして仕舞い、先生からその肩を治すまで練習はお休みと言われて仕舞いました。

●尿管結石

40年前、それまで大病はした事はなかったのですが、一度急に七転八倒の腹痛がして救急車で運ばれた事がありました。家内が法事で田舎に行った日で、息子と娘が来てくれて、家内は田舎に着くなり直ぐにとんぼ返りをしてくれました。病院に着くと、8時まで3時間待たないと先生が来ないと言われ、その間の苦しみは大変でした。結局、尿管結石だと言われて、点滴治療が始まりました。

目の前のモニターで腹部を映されているので、これがそうかなと思っていると、3時間くらい経過したときにトイレに行ったら黒い粉が小水と一緒に出てきて、痛みが消えて仕舞ったので入院はせずに済みました。帰り際に医者がビールを飲むと良いと言われ、昔は病院で残ったビールは医者が飲んでいたそうでした。

●不整脈

60歳から65歳まで不整脈で悩み、あちこちの病院を訪ねて診て頂きましたが、原因が不明でした。最後に石原裕次郎を治療された先生に3回診療をして頂くと、〝俺も実は不整脈がある〟と言われたので、そのときはどうされるのかと聞くと、2階から下に下りて水を飲むと治って仕舞うと言われました。それで気が楽になり実行すると私も治りました。先生が、心電図は誰が見ても問題ないが私の経験で心電図の裏を見ると微かに狭心症のケがあると言われました。

●マッサージ治療

恐らく2000回以上は受けましたが、一番良かったのは後楽園で超有名な野球選手を治療していたN先生でした。指導員を終えた後で紹介されて、ほぼ10年間治療を受けました。

NS選手が息子の小さいときに後楽園に忘れた話をすると、先生は丁度キャッチャーのMR選手を治療していたら、その選手が傍を通って〝おう、久しぶりだな〟と言ったので、先生が〝本当ですか〟とキャッチャーの選手に聞くと、夕べ一緒に飯を食ったばかりだよ、と言われたそうで、そのくらい物忘れが激しかったようです。

N先生は空手の極真流のO先生と仲が良く、塾で講演会を開いた事が数回あったそうです。アメリカで牛を倒した話を聞くと、多くの猛者に囲まれて、牛を倒さなければ自分が危ないと察して、倒したそうです。

●鍼治療

①七十数年前、久松町に歴代の総理の書が壁に張ってあるI先生に5～6年かかりました。予約の電話をすると、時々午後は黒塗りの車が迎えに来るのでおりませんと言われましたが、われわれ庶民には千円で治療をして頂きました。

②八重洲口から10分のところに、女性のM先生がおりました。私より一回り下の中年で、若い頃アメリカに渡り、オステオパシーの先生について言われたところに、鍼を打っていたそうです。仲良くなって、マッサージ師が7名居て、鍼と両方で30年くらい通いました。

TR社の社長と専務を紹介したら、専務から、深須さんあそこはあかん、M会長も行ってるから他に変えたと言われました。M先生に聞くと、会長はつい最近に人形町の芸者置屋の女将さんの紹介で来たそうです。そんな話をしていると、ニューヨークから会長の予約の電話が入ってきました。

③息子がそこに腕の治療で行ったら、お父さんに打って貰いなさい、彼はプロと同じと言っておきましたと言われました。

M先生は72歳でやめられましたが、深須さんあの時免許を取っておけば良かったのに、今では200～300万円掛かるわよと言ったので、趣味で仕事にするつもりはなかったのでと言いました。

④鍼灸のSI治療院

昨年スポーツジムのメンバーのIさんから、東戸塚からバス停一つ目の近くに鍼灸治療院があるのを教えて頂き通いました。K先生は2006年から、オリンピック選手に同行して選手のメンテナンスと治療を行っておられます。待合室には感謝状が沢山飾ってあります。

ここは、東洋医学の技術を西洋医学的アプローチに結びつけた治療をしている珍しい治療院で気に入ったので、すべり症と手術後の腰痛で毎週治療を受けています。

⑤「違反ではあるが止むを得ず、鍼を自分以外に打つ」

丸紅時代に取引していた所沢のTさんと言う人が、肩が痛くて腕が上がらずゴルフが出来ないと言うので、鍼を打って貰えば治るよと言ったら、やって貰ったが全然治らなかったと言いました。

そこで私が鍼を打ちましょうかと言うと、出来るなら是非やってくれと言ったので、Yシャツの上から親指で肩髃と肩髎の中間を押しながら腕を上げてごらんと言うと上がったので、ここだと思い、シャツがアルコールで濡れるが我慢してと言ってシャツの上から鍼を打ちました。するとツーンとすると言ったので、そのまま撚鍼しながら2分経って抜きました。

暫くすると、肩が良く上がるので治って感謝されました。めったにやりませんが、他人には2度目でした。

⑥息子が高校生のときに、鼻水で朝起きるとティッシュがゴミ箱に満杯になるので、鍼治療を迎香と風池と天中の3か所にすると完全に治って、それ以後は発症しませんでした。

⑦家内が、右腕が痛くて困ったと言うので、鍼を打てば治ると言うと信用しません。でも打って下さいと言ったので行いました。すると、やっぱり効かないわと言いました。5分程すると、治ったわと言われ、その後は回復して何も言いませんでした。

●**脈診法**

仕事が物凄く忙しい中で、背中が痛くて胸が苦しいので医者に行くと、お疲れでしょうと言われました。「肝臓の検査をしますから小水を採って来なさい」と言われ、検査しましたが問題はありませんでした。

医者では治らないので、丁度来社された浜松のSZ社の社長に話をすると、霊岸島の脈診法の先生の所に連れて行かれました。先生は腕の寸、間、尺を3本の指で見ながら片手でグラフを書いていきます。20分後に、肝臓が悪いな、背中が痛いだろう、私が治してあげると言って、助手の女性に薬草を書いた紙を渡しました。代金は4万5000円でした。土鍋に4合の水を焚き、1合になったらガーゼを絞り、一日3回に分けて飲みなさいと言われました。

3日すると痛みが完全に取れてすっきりしました。先生に電話すると、直ぐに来なさいと言われたので行くと、若い人は早いな、然し腎臓が悪いなと言われ、薬を変えました。3か月くらい通って良くなりました。

薬調合の助手が突然先生電話ですと言われたので、話すとああそう、直ぐに来なさいと言われましたので、先生何処からですかと聞くと九州の人だと言われました。日本中から患者がきているのでした。

先生は、左手の指3本で脈を取りながら右手でグラフを書いています。終わるとそのグラフで病名を言いますが、寸間尺の両手を診るので6の階乗の2乗で、51万8400通りの数値になります。その数字が各病気に連動しているのです。

先生に脈診法を教えて頂けますかと聞くと、良いよその代わり毎日来なさいと言われました。お子さんに教えないのですかと言うと、どれもこれも馬鹿で駄目だと言われました。興味があったのでやろうかと思いましたが、仕事が猛烈に忙しく跡取りにされては困るのでやめました。

或る日、40歳台の顔色の良い男性に会いました。

状況を聞くと、彼は腎臓病で病院を出されたそうです。もう死ぬと分かっていても、念の為にここを訪ねたそうです。

先生が、君は1週間後に死ぬよと言われたそうです。然し、先生は治してあげるが半年掛かると言ったそうです。半年後に体は楽になったが、あと半年掛かると言われ、今日が丁度1年目で、もう良いと言われ元気な明るい顔をしていました。いくら掛かりましたかと聞くと600万円と言われました。600万円で命を買ったわけです。

ＳＺ社の社長から突然電話で、困ったよ、先生が亡くなられて仕舞ったと言われました。私も腎臓が悪いと言われましたが三か月治療したので、もう良いと思いました。

●カイロプラクティック

Ｓ先生、彼はアメリカのカイロプラクティック専門の大学卒業で、今でも半年はアメリカへ行っていて、今は息子さんも同じコースを出て仕事をしています。江戸橋、日本橋、京橋、新橋と橋のつくところに診療所を構えましたが、今は他にホテルの中にもあるそうです。

患者に大相撲の方も多く、或る時横綱の鶴竜が受けているところに日馬富士がやってきて、ぶつかり稽古中に首を痛めたと言っていました。

私は江戸橋で50年前の創業時からの付き合いです。何人も紹介しましたが、繊維問屋S社の一人が電話で、ゴルフ場の帰りに東北道で事故にあい、医者から〝当分帰せない〟と言われて困っているという電話があったので、強引に連れ出して、新橋の治療所へ行きなさいと言ったら、大分手こずったが、新橋へ行って直ぐに治って助かったと、連絡がありました。

●前立腺

つい最近ですが、鎌倉にある中央病院で血液検査を受けたら、ＰＳＡの数値が19・８と異常に高く、前立腺癌の宣告を受けました。何度も悪性と言われました。

心臓は綺麗な血液が常に流れていて絶対に癌にならない事が分かっているので、フレミングの法則から編み出した55万円の磁器発生機械を購入して、1日3時間の治療を4月から6月まで実施しました。更に、アロエベラ100％のジュース（医者はそんなものは癌には関係ないと言う）を購入しました。アロエに関する本を3冊読むと、世界中の科学者が、人間は一日に3000から6000個の癌細胞が発生するが、それを免疫細胞が退治するので癌にならないのであり、その免疫細胞を強化するのがアロエベラである事を実証している事が判明したので、7000円した1リットルを2日で、3か月間飲み続けました。更に、蜂のプロポリスを3か月間飲み続けました。そして、中央病院で貰った薬ピカルカミドを9日間だけ服用した後で血液検査を行ったら、PSA値が5・7まで下がりました。薬以外の治療を言わなかったので、先生が不思議に思っていたようでした。

タミドを2か月服用後に検査をすると今度は0・167まで下がりました。更に磁力線治療を合計9か月毎月3時間続けたら数値が0・038まで下りました。

テレビで陽子線治療が良いと放送されたので、鎌倉の総合病院に紹介状を書いて頂きました。然し、写真を見た先生が、貴方の場合は放射線治療は出来ません。理由は腸が前立腺の近くまで来ているので腸に穴が開く危険がある為ですと言われ諦めて、結局再び中央病院へ戻るが、振り返ると、電磁治療が一番効いた事になるので通院をやめました。通院を止める前に男性ホルモンを抑える注射をされましたが、副作用で困っています。

●オステオパシー

最初はカイロプラクティックのS先生が、アメリカの帰りに英国人を連れて来て、私にオステオパシーを知っているかと聞かれたので、知らないと言うと、筋肉を柔らかくする方法と言ったので、受ける事にしました。オーストラリア生まれの英国人で、アメリカから修行してS先生に連れて来られたのでした。

オステオパシーが素晴らしい事が英国人の治療で分かったので、探したが良い先生が見つかりません。郵便局に勤めているOさんが、深須さんオステオパシーを知っていますか？と言ったので、それを探している事を話すと、良い先生を見つけましたと言ったので、早速そのK先生を紹介して頂き10年くらい通いました。

MN社の中里社長から、何をやっても治らない腰の治療の話を聞いて紹介したら、直ぐに良くなって、日本にあんな人がいるのには吃驚されたそうでした。当時、忙しくてこれ以上紹介はしないで下さいと言われました。

●気功の話

子供の時から気功の気が手から出ていたので、N先生が開いている教室に5年くらい通いました。「これは治療目的ではありません」と書いてありますが、私は治療に使って喜ばれています。

①Yカントリークラブが経営しているスポーツジムでエアロビクスをしていました。ある朝、N航空のフライトアテンダントの先輩で現在は講師をされている女性が手に包帯をぐるぐる巻きにして来たので、どうされたのですかと聞くと、捻挫して今医者に行ってきたところですと言われました。

私がちょっと見せて下さいと言うと、嫌です触られたら痛いので、と言ったので、触りませんと言って私の手を上下から約5㎝離して気功をかけてみました。数分すると、なんだか温かくなってきましたと言ったので、軽く手をタッチし、痛くないでしょうと言うと痛くありませんと言われたので、そこにあるペットボトルを持って御覧なさいと言うと、あれ、持てるわ、今まで茶碗も持てなかったのにと言われて、エアロビクスに参加されました。

②ボイストレーニング教室で生徒にフラダンスの先生がいました。ある朝、急に電話があって、生まれて初めて腰が痛くなって今日は大会なのでどうしても出なければなりません。私に良い治療をしてくれる所を知っていますかと言うので、勿論知っているが今日は日曜日で何処も休みですと言うと、そうなのよね、何処も駄目なのと言ったので、私が朝散歩をしているので、コーヒーショップに来て貰い、気功を掛けてみると数分後に何だか温かくなってきましたと言ったので、タッチしても良いですかと言うとお願いしますと言ったので、自分の手を重ねて腰に触りました。すると、痛みが取れましたと言われました。今まで気功なんて馬鹿にしていましたが、有難うございますと言われました。それ以降数年、寒い朝にも散歩におつきあいをしていましたが、痛みは出ませんでした。

③孫が、おじいちゃん湿布あるかと言ったので、どうしたのと聞くと、捻挫して足が痛いと言ったので、おじいちゃんが魔法で治してあげると言って3分間程気功を掛けていました。すると治ったらしく湿布は要らないと言いました。

④その後も、川崎の会計事務所に連れられて行った料理屋の女主人が、肩が痛くて土曜日のゴルフが出来ないと言ったので、カウンター越しに気功を掛けていたら私の傍に来ました。５分くらいすると、痛みが完全に取れましたと言って感謝されました。

⑤Kさんという気功師

或る日、ここにベッドをもう一つ置くから一緒に治療をやりませんか？　僕の先生と言って患者に紹介するからと言われました。

丁度趣味に没頭していたので、先生有難いが、土曜日しか空いていませんと言うと、それだけじゃあしょうがないと言われてやめました。料金は45分で６５００円でしたが、患者が多すぎて困ったので30分で８６４０円にして、それでも患者が絶えず困っていたそうです。或る女優さんのサインした色紙を見たので、来たんですかと聞くと、朝６時にきたそうです。

あとがき

㈱ミスファブリックを閉めるときに少し考えた事は、あと20歳若ければ、折角世界一になられたMN社に見本を作成して頂き、ヨーロッパの有名な繊維の展示会にブースを貰って出品すれば、かなりの取引が出来たと思った事です。

私が誕生してから90年あまりの記憶を綴らせて頂きました。読者のみなさまには、ここまでお読み頂き、有難うございます。

最近も、昔の仲間が私を囲む昼食会を開いてくれています。

親しかった丸紅時代の部下達との昼食会です。コロナ問題で4年間途絶えていましたが、今年は再開しました。開催場所は今まで全て私が決めています。今回は丸ビル36Fのイタリアンレストランです。今回で7回目になります。人数は少し減りましたが、5名が久しぶりで集まって懇談しました。話が尽きないので、ウエイターから時間を言われて終わりにしました。皆に次の予定を知らせて下さいと言われましたので、2024年の食事会は、1月19日(金)に銀座の中華料理店(ふかひれの姿煮が有名で、故安倍総理が愛用した)で行いました。

●ウサギと亀

今の日本はウサギと亀の物語に似ていると思います。一時は〝ジャパン・アズ・ナンバーワン〟等と、おだてられて居眠りしている間に、外国の亀達は日本ウサギを追い越して山の麓に着いて仕舞いました。然し、落胆する事はありません。日本ウサギは跳躍力がありますので、これから頑張れば追いつき追い越せるでしょう。スポーツの世界は、研究と努力で世界に通ずる様になりました。更に追い越してもいます。

低められた教育程度を大きく引き上げる事が必要と思います。

親友の中里さんが60年前に私が書いた出張報告書を持ってきて、返して頂きました。古くなってホッチキスがさび付いて、しかも用紙が茶色くなって仕舞ったものです。それをわざわざコピーして、皆に配っていました。

昔書いた内容が沢山出てきて懐かしかったです。今は忘れっぽくなってとても出来ません。

暗示1　英語のI先生より「深須よ、今は大事ではないかもしれないが、将来絶対に大事になる事がある。それは数学です。この爺が言う事を良く覚えておきなさい」

暗示2　新宿の手相見より「もし貴方が理数系の仕事をしていたら、ノーベル賞が取れます」

暗示3　コンテッサより「貴方は将来二つの会社を持つでしょう」

コンテッサの予言された暗示3だけはなんとか実現出来ましたが、然しそれで良かったのかを考えると、何とも言えません。

親友の中里氏から返却して頂いた約60年前の私の書いた出張報告書を読んでみて、当時予想していた繊維業界、繊維産業が同じような道を辿ってきたのは何故か悲しい様な気持ちです。ただ一つ予想出来なかった事は、ファストファッションのＦＲ社の誕生とその後の素晴らしい発展です。繊維で同じ商品が大量に売れる時代が来る事は想像出来なかったのです。これにはＴＲ社の開発された吸湿発熱繊維も大きく貢献していると思います。

●飛び級の実行を希望

これをすれば世の中が変わると思います。学校制度を変えて、小学校から大学まで、出来る子供はどんどんと飛び級させれば、中学生でも大学卒業の資格が取れる事になり、世の中が相当進み発展します。

オフコンからパソコンに替わって来たときに、夢中で製作した仕入れから支払い、案内書までを一貫して出来るソフトをＭ２銀行の課長に見せると、これは売れますよと言われたときに、ソフトウェア会社を立ち上げる事を考えましたが、人材が不足で出来ませんでした。

ヴァイオリン教室へ84歳のときに初めて行き、ヴァイオリンを持たされて簡単に音階が出たので、先生から基本なしで直ぐに曲をやりましょうと言われましたが、これが４歳のときに出会っていたら、ヴァイオリニストになれたかもしれません。

お米の表面片側に50音図を書けたので、その道に進んで微細な仕事をしていたかもしれません。

●私の信念と性格

これは性格ですが、取引先のどんなに若い人にも、たとえ小さな会社でも、言葉使いは上司に対する言葉使いと同じにしていました。課長、部長になると横柄な人を見かけますが、自分には出来ません。然し、独立したときは、これが大いに役立ちました。

●広き門より入り（入学）、狭き門より出よ（卒業）

現在の制度は可笑しいと思います。入るときは難しく、その後は遊んでいても卒業出来る。従って、入社してきた人間をその会社が再教育してから仕事に就かせるような馬鹿げた事を行っているのは、二度手間で勿体ないと思います。

卒業証書の他に中退証書を発行すると良いかも知れません。するとこんな履歴書が書けるでしょう。

「A大学入学、A大学1年中退、IT企業入社または創立目的でB大学入学、B大学2年中退」

こんな履歴書ならIT企業は喜んで採用するので二度手間が省けるし、大学側はいつでも戻れる休学中の生徒が居ても困らないし、学生は無駄が省けて助かります。

●OYさんが皆の前で話された話

彼女が、FIT（Fashion Institute of Technology）へ入学するときに、私は日本の文化服装学院で最上のデザイン科を卒業したので、途中から編入させて下さいと言うと、それではそこにミシンがあるので、何か縫製して見せて下さいと言われたそうです。

ミシンの前に座ってみると工業用のミシンで、踏むとドーンと行くので怖くなり、私は家庭用のミシンは得意ですが工業用は出来ませんと言うと、ああそうですか、それなら1年生に入って下さいと言われたそうです。

アメリカでは、卒業すると企業に入れば直ぐに仕事が出来る様になっているので、日本の様に企業が再教育する手間が省けるのです。

●仕事の履歴を振り返る

丸紅時代及び独立してミスファブリック時代の成果をまとめました。

1　取引を○井物産と取り組んだので信頼を受けた事
もし丸紅と組んでいたら、繊維メーカーその他に対するオーダーはダイレクトには出来ず、丸紅に対して行い、丸紅がメーカーに対してオーダーをするので、タイミングが合いません（丸紅社内では営業から受渡課に、しかも指図書にハンコと取引先の与信限度のチェック等手間が掛かり着荷するまで商売になりません）。
2　繊維についての勉強を実地で行った事
3　売り先は婦人服地では絶対的に権力のあったYC社を主力とした事
4　ファッションに強い感覚で取り組む繊維問屋S社を育てた事
5　仕入先は、研究熱心なTR社及び機業社（機屋）産元を選んで取り組んだ事

6　銀行はメガバンク3行を中心として取引した事

7　各行に対しては毎月末に、試算表、貸借対照表、損益計算書及び資金繰り表を遅滞なく提出していた事（資金繰り表は、3メガバンクの書式を参考にしてより分かり易い表を作成して各銀行に提出していました）

一般には冷たいと言われている3メガバンクからこんなに親切に対応して頂けたろうか？　野球で見れば、天性と超努力家の大谷さんは別格としても、以前のマー君とハンカチ王子の様になったのだろうか？

8　○井物産がミスファブリックに出資しようかと言われましたが、性格を熟知していたのでお断りした事

9　77歳の時（2010年）、休業宣告して仕入れ先の買掛金を完済、社員の退職金を全部支払い、銀行関係は借り入れをサービサー（債権回収会社）で完済。本文に記述しました通り保証協会の保証料だけ残した事

10　それから13年後の90歳で、業界の皆が忘れた時（2022年）に自己破産申請したら横浜地方裁判所で債権者は保証協会の代理人一人だけで3分間で自己破産が成立して全てが終わりました。

これで92年の自叙伝を終わります。大学に行かなかった4年間が私にとって大事な時間となり、仕事で次から次へと新しい事を学んで取り入れたのが成功して、超一流会社の役員達と懇意になれ、そして繊維業界で一流の各社から頼りにされました。

丸紅から飛び出して設立した会社も福井や浜松の産元の社長達から「もう『ミスファブリック』は全国版になったから、その積りで取引をしなさい」と言われた事が思い出されます。

90歳を過ぎても人より速く歩いていましたが、春に二十数年継続していたピラティスのW先生が亡くなられて、毎週日曜日のトレーニングがなくなってから体幹が不安定になり、医者に言われて杖を使い始めました。それに頼る様

になり歩行速度も次第におそくなり、皆に追い越される様になりました。

これは不味いと思い8月からジムで毎週金曜日にU先生のパーソナルトレーニングを受ける事にしました。未だ数カ月ですが、効果が出始めたので継続し、杖なしで歩ける様になりたいと思います。

深須家、家系図のコピー

	戒名	本名	没年月日　和暦（西暦）
初代	正観院月林英秋居士	御簾三郎作衛門	文禄元年10月10日（1592年）
	真浄院春光芳心大姉	妻	慶長7年4月15日（1602年）
2代	切徳院光影常禅居士	御簾蔵兵衛門	寛永2年10月14日（1625年）
	照堂院空清鑑大姉	妻	寛永8年6月8日（1631年）
3代	荘厳院霜雲常風居士	御簾五郎作衛門父	慶安2年4月5日（1649年）
	宝樹院楽庭雲霜大姉	妻	承応3年1月14日（1654年）
4代	光上院鉄雙道心佛士	御簾五郎作衛門	寛文11年9月12日（1671年）
	宝大院梅鳥妙香佛女	妻	延宝3年5月9日（1675年）
5代	実乗院祖翁道？佛士	御簾六衛門父	元禄6年5月17日（1693年）
	法輪院教宝妙？佛女	妻	元禄15年（1702年）
6代	照際院納宝道雲居士	御簾六衛門	宝永6年11月17日（1709年）
	春心院露安妙躯大姉	妻	正徳3年9月1日（1713年）
7代	持成院恵翁宗智居士	御簾市郎衛門父九郎兵	宝永7年11月11日（1710年）
	高堂院西運義方大姉	妻	享保10年10月17日（1725年）
8代	要道院萱貫峯出居士	深須勘右衛門吉明	享保6年4月7日（1721年）
	正令院全室想心大姉	妻（深須に改名）	元文4年3月7日（1739年）
9代	愚門院澤水源長居士	深須市郎右衛門	元文6年2月6日（1741年）
	秀院本室歩？大姉	妻	宝暦2年8月17日（1752年）
10代	竺土院心岳勇仙居士	深須幸助吉勝	元文元年1月10日（1735年）
	真珠院湖海栄珊大姉	妻	宝暦5年8月17日（1755年）
11代	仁荘院満捜永考居士	深須	明和3年4月7日（1766年）
	寒月院道易佛林大姉	妻	明和4年10月7日（1767年）

12代　瞬光院仁学理秀居士深須勘右衛門周通　宝暦元年10月22日（1761年）
義周院実法定真大姉妻　寛政8年9月15日（1796年）

13代　政定院?岳徹舟居士深須勘右衛門郡司　天明4年8月25日（1784年）
古道院寒月恵林大姉妻　寛政4年11月11日（1792年）

14代　瑚松院繁祐昌栄居士深須仙次郎勘右衛門父　天明5年5月2日（1785年）
積義院福翁貞寿大姉妻　天保5年1月2日（1834年）

15代　霜月院実道青雲居士深須勘右衛門尉幸衛門　文政11年6月5日（1828年）
菩御院春外良音大姉妻　天保14年4月9日（1843年）

16代　天忠院覚誉誓内居士深須勘衛門父　安政5年1月22日（1858年）
回輪院大祐岸光大姉妻　安政6年9月28日（1859年）

17代　大徳院智学雄顕居士深須勘衛門智顕　明治21年2月4日（1888年）
妙覚院釈光良然大姉妻　明治17年9月30日（1884年）

18代　宇宙院伝誉唄心居士深須豊衛門　元治元年7月11日（1864年）
法界院智光良然大姉妻市松母　明治39年9月30日（1906年）

19代　萬松院瑛山硯敬居士深須市松　昭和11年10月9日（1936年）
容顔院瑛操貞節大姉妻ユイ　昭和6年9月11日（1931年）

20代　秋光院天山寶重居士深須愛蔵　大正4年11月10日（1915年）
藤愛院一貫妙室大姉妻　大正4年10月14日（1915年）

21代　清徳院幸岳機応居士深須幸雄　昭和55年8月5日（1980年）
温良院敬室明順大姉妻ムメ　昭和30年11月19日（1955年）

22代　菩提院正堂照見居士深須正夫
淑徳院加室仁恕大姉妻加代子

本作品には実際の施設名、団体名、企業名等が出てきますが
あくまでも著者自身の体験に基づくものであり本作品との
直接の関係はありません。

〈著者紹介〉
深須簾水（みすれんすい）
東京都八王子市出身。戦争で市全体が焼失し、少年時代は復興に苦労した。都立第二商業高校卒業後、総合商社丸紅に入社。繊維部門で研究を重ね、二十代前半にして大相場を張る。海外渡航者がまだ希少（日本人の1%）だった時代にヨーロッパに出張、ファッションの本場で大いに刺激を受けた。帰国後、文化服装学院等で織物関係の講演を行い、好評を得る。丸紅繊維部では毎期、高い利益達成成績を上げ（大阪本社で深須神話が生れた）、取締役からの抜擢により部長に昇進。趣味は鍼治療と気功、ヴォイストレーニング、ヴァイオリン、書道、太極拳等。

私《わたし》の人生《じんせい》
―商社《しょうしゃ》に入《はい》ったらこんなことまで出来《でき》た―

2024年12月20日　第1刷発行

著　者　　深須簾水
発行人　　久保田貴幸

発行元　　株式会社 幻冬舎メディアコンサルティング
〒151-0051　東京都渋谷区千駄ヶ谷4-9-7
電話　03-5411-6440（編集）

発売元　　株式会社 幻冬舎
〒151-0051　東京都渋谷区千駄ヶ谷4-9-7
電話　03-5411-6222（営業）

印刷・製本　中央精版印刷株式会社
装　丁　　弓田和則

検印廃止

ISBN 978-4-344-69082-0 C0095
幻冬舎メディアコンサルティングＨＰ
https://www.gentosha-mc.com/